Evelyn Permoser

Ghazalia, Tochter des Windes

Eine Pferdegeschichte

CIP-Titelaufnahme der Deutschen Bibliothek

Permoser, Evelyn:
Ghazalia, Tochter des Windes / Evelyn Permoser. – München :
F. Schneider, 1991
   ISBN 3-505-04352-4

Hrsg. Helga Wegener-Olbricht

© 1991 by Franz Schneider Verlag GmbH
Frankfurter Ring 150 · 8000 München 40
Alle Rechte vorbehalten
Titelfoto: Ilona Weissflog und Everts/IFA-Bilderteam
Lektorat: Helga Wegener-Olbricht
Umschlaggestaltung: Claudia Böhmer
Herstellung: Gabi Lamprecht
Satz/Druck: Presse-Druck Augsburg, 10' Helvetica
ISBN: 3-505-04352-4

Und Allah nahm eine Handvoll Südwind und erschuf das Pferd. Das Pferd aber wollte nicht zu Fleisch werden, und es wollte auch nicht dem Menschen dienen. So versprach Allah, daß das Pferd nach seinem Tod wieder zu Wind werden und in ewiger Freiheit leben würde. Und Allah hat sein Versprechen gehalten.

Eine arabische Legende

Ich, der Unterfertigte, Mahmed El Scharabati, Vorsteher des Dorfes Karjat El Wuhusch, erkläre und bezeuge, daß ein Mann namens Abdul El Achar, vom Stamme der Aneze in der Wüste, der Frau Ingeborg Neinhaus einen Hengst arabischer Rasse von hellgrauer Farbe, sechs Jahre, mit dem Namen *El Alma' i,* verkauft hat. Es handelt sich um ein reinblütiges arabisches Pferd, Sohn des Hengstes *Abu Schar* und der Stute *Zaynab,* beide Kinder von *Nur El Schams,* Licht der Sonne, und der *Bint El Hawa,* Tochter des Windes – von der aus der Wüste der Dschazira stammenden Abkommenschaft der Sadschlawita.

Aus dem Kaufvertrag von *El Alma' i, Ghazalias* Vater

Das Fohlen	11
Sandra	26
Im Elend	35
Verkauft	43
Drei Siege	61
Die Überfahrt	87
Die Freiheit	102

Das Fohlen

Jener Tag im März glich in keiner Weise einem Frühlingstag, wie man ihn zu dieser Jahreszeit hätte erwarten können. Er begann grau, kalt und regnerisch. Noch am Abend hingen Nebelschwaden dicht um die Stallungen der Reitschule, als wollten sie dort etwas verbergen.

Tatsächlich war im Zuchtstall, als die Stallburschen schon längst zu Bett gegangen waren, ein Fohlen zur Welt gekommen. Eine kleine Stute, schwarz, von der lockigen Mähne bis zum kurzen wolligen Schweif. Johâr, die Mutter, ein goldfarbenes ungarisches Vollblut, beobachtete besorgt die ungestümen Versuche des Fohlens, aufzustehen. Endlich gelang es dem Pferdchen, seine langen, noch schwachen Beine zu ordnen und sich aufzurichten. Als die kleine Stute jedoch einen Schritt auf das Euter ihrer Mutter zu schwankte, fiel sie sogleich wieder ins Stroh zurück. Erst nach einigen weiteren Versuchen fand sie endlich die Milch. Diese erste Mahlzeit hatte das Neugeborene so ermüdet, daß seine Beine wieder einknickten, seine Augen fielen zu, und es schlief schnell ein.

Am Morgen des nächsten Tages entdeckte der Stallbursche das Fohlen und holte aufgeregt den Besitzer des Reitstalles. Die kleine Stute versteckte sich ängstlich hinter dem Bauch ihrer Mutter. Es schien ihr nicht zu gefallen, daß sie angestarrt wurde. Aber es geschah weiter nichts, als daß sie einen Namen erhielt.

„Ghazalia sollte sie heißen", sagte Heinz Woermann. „Das ist arabisch und heißt Gazelle!"

Die Frühlingssonne stieg höher, sie schien durch das Fenster der Box, und Ghazalia stieß ein aufgeregtes, quietschendes Wiehern aus. Als sie hinauslaufen wollte, machten ihre Nüstern die erste, schmerzhafte Erfahrung mit dem Holz der fest verschlossenen Boxtür. Zornig schlug sie mit ihren kleinen Fohlenhufen dagegen.

Dieses Fohlen war anders als jene, die Johâr bisher geboren hatte. Es schien das Erbe des Vaters zu sein, eines großen, weißen Araberhengstes, der wild und unzähmbar schien. Er war eines der wenigen echten Wüstenpferde, die aus ihrer Heimat in alle Welt verkauft worden waren.

El-Alma' i war sein Name. Johâr hatte in ihrer ungarischen Heimat am Start vieler Pferderennen gestanden, aber es war ihr unmöglich gewesen, mit diesem Hengst

Schritt zu halten. Er schien zu fliegen, wenn er über die weiten Koppeln des Gestüts galoppierte. Aufgrund seiner Rasse und Schönheit wurde er ausersehen, Stammvater vieler wertvoller Fohlen zu werden. Sein Blut floß auch in den Adern der kleinen, schwarzen Stute, die eines Tages vielleicht ebenso weiß sein würde wie ihr Vater.

Dann kam der Tag, an dem der Stallbursche die Box öffnete und Johâr am Halfter nahm, um sie hinauszuführen. Die kleine Stute hatte Angst, allein zurückbleiben zu müssen und raste durch die Stallgasse hinter ihrer Mutter her. Prompt stolperte sie über ihre langen Fohlenbeine, und sie lag auf der Nase. Es schien weh getan zu haben, da der Stallboden aus Stein war. Aber dafür war es draußen wunderschön!

Ghazalia mußte die Augen schließen, um nicht geblendet zu werden, so hell schien die Sonne. Der Boden war mit Schnee bedeckt, der auf den Wiesen und Weiden lag. Als Ghazalia die große, schneebedeckte Koppel vor sich liegen sah, überkam sie ein ungeheurer Drang zu laufen. Sie rannte, so schnell sie konnte, über die weiße Wiese, aber als sie stehenbleiben wollte, erwies sich der Boden als glatt, und sie rutschte auf ihrem kleinen Hinterteil noch einige Meter weiter. Besorgt kam Mutter Johâr näher. Aber ihr Kind hatte sich nicht weh getan, Schnee ist weich.

Ghazalia stand auf und rannte mit unglaublicher Geschwindigkeit den Koppelzaun entlang, mit angelegten Ohren, als wollte sie dem Wind davonlaufen. Johâr begann ihr nachzutraben, um sie zu besänftigen. Als sie bei ihrem Fohlen haltmachte, stoppte das Kleine ebenfalls, wieherte schrill, stieg steil auf, verlor das Gleichgewicht und überschlug sich nach hinten. Eine solche Belastung war zuviel gewesen für die staksigen Beine.

Heinz Woermann und Klaus Dressler, sein Reitlehrer, standen am Zaun. Sie beobachteten die Szene und wurden nachdenklich. „Dieses Fohlen wird Schwierigkeiten machen, wenn es einmal zugeritten werden soll. Na, wir werden sehen, was aus ihm wird. Auf jeden Fall ist es durch seine Abstammung heute schon eines der wertvollsten Pferde im Stall."

*

So wuchs Ghazalia im Reitstall auf, und ein Tag verging wie der andere. Dem Frühling folgte der Sommer, und das Fohlen war öfter allein in der Box, da Johâr wieder im Reitbetrieb mitarbeiten mußte. Ghazalia konnte sich nicht damit abfinden, daß Reitschüler ihr die Mutter wegnahmen, und sei es auch nur für einige Stunden. So verfolgte die kleine Stute die Schüler, wenn diese Johâr in die Box zurückbrachten, mit Tritten und Bissen. Anfangs wurde darüber gelacht und gescherzt, doch als der Herbst begann und die Zähne des Stutfohlens länger und seine Hufe härter wurden, fanden die Menschen das nicht mehr lustig. Nach jeder Reitstunde, zu der Johâr eingeteilt worden war, mußte sie von Stallburschen in die Box gebracht werden, da niemand Lust hatte, sich von ihrem Fohlen beißen, zwicken und puffen zu lassen.

Eines Tages kam Heinz Woermann mit drei Pflegern in die Box. Die Kraft dieser drei Männer war nötig, um Ghazalia ein Halfter über den Kopf zu streifen. Als noch schwieriger erwies es sich, sie von ihrer Mutter zu trennen. Sie war so groß geworden, daß sie die Box mit Johâr nicht mehr teilen konnte. Eine halbe Stunde dauerte es, um das stocksteif dastehende Fohlen – ziehend und schiebend, immer auf der Hut vor seinen Zähnen und Hufen – in einen eigenen Stand zu bringen. Immer wieder schlug es nach den Männern, biß und bockte, bäumte sich auf und riß sich los. Als endlich der Karabiner im Halfterring der im Ständer befestigten Kette einrastete, waren die Männer und auch das Pferd schweißbedeckt.

Die drei Stallburschen hatten blaue Flecken, Kratzer und Abschürfungen und das Pferd etliche Hiebe davongetragen. Werner, einer der drei, brummte ärgerlich: „Na, danke! Wenn die so weitermacht, werden wir alle noch im Krankenhaus landen!"

*

Von nun an wurde die junge Stute an ihrem Stallhalfter jeden Tag aus der Box in die Koppel und von der Koppel wieder in die Box geführt. Alles um sie herum war eingeengt, von Zäunen, Drähten und Mauern umgeben. Für ein Pferd, dessen Vorfahren frei in der Wüste lebten, sind Grenzen eine Herausforderung. Manchmal schien es, als wollte Ghazalia sich bei ihrer Mutter beschweren. Johâr schüttelte unwillig den Kopf, als wollte sie ihrem Kind begreiflich machen, daß Allah einst eine Handvoll Wind nahm, um das Pferd zu schaffen, damit der Mensch sich mit seiner Hilfe die Erde untertan mache. Leider verstand Ghazalia das nicht, und hätte sie es verstanden, würde sie sich dagegen gewehrt haben – mit all ihrer Kraft und Intelligenz.

Bei schönem Wetter wurden die Fohlen und Mutterstuten, die nicht geritten wurden, auf die Koppel gelassen. Es zeigte sich, daß Ghazalia bereits das schnellste Pferd unter ihnen war. Kaum öffnete sich der Koppeleingang vor ihr, rannte sie auch schon los. Es schien, als wäre sie besessen vom Rennen. Immer im Kreis, am Zaun entlang. Anfangs gesellten sich meist ein paar Fohlen zu ihr, aber nach einigen Runden trotteten sie wieder in die Mitte der Weide, um am letzten, spärlichen Herbstgras zu knabbern.

Ghazalia aber galoppierte weiter, in halsbrecherischem Tempo, den Wind, der die Blätter von den Bäumen blies, in ihren geblähten Nüstern. Es war, als liefe sie mit ihm um die Wette, mit ihm, der – so schien ihr –

nicht schneller sein konnte als sie, solange er ihr um die Ohren wehte. Sie stoppte ihren rasenden Lauf erst, wenn sie schweißbedeckt war und sich die Adern unter ihrem jetzt bereits grauen Fell abzeichneten. Alle, die das Fohlen so sahen, wild, mit glänzenden, herausfordernd blickenden Augen, schüttelten die Köpfe und hielten die junge Stute für verrückt. Niemand nahm sich Zeit, sich richtig mit diesem Wesen zu beschäftigen. So kam das junge Pferd in den Ruf, nicht ganz richtig im Kopf zu sein. Auf Grund der gezielten Hiebe und Bisse, die es austeilte, wenn ihm jemand zu nahe kam, mieden es die Menschen. Genau das war es aber, was die junge Stute anscheinend wollte: in Ruhe gelassen zu werden von den Menschen, die sie offensichtlich nicht mochte.

Eines Tages wurden die Pferde vom Stallburschen wieder auf die Koppel gelassen. Ghazalia begann sofort ihren wahnwitzigen Lauf. Als das Tor geschlossen wurde, hielt sie inne, senkte den Kopf wie ein Stier zwischen die in den Boden gestemmten Vorderbeine, den Blick nach oben, als wollte sie Maß nehmen. Dann wieherte sie schrill, stieg und raste genau auf den Ausgang zu.

Sie wird doch nicht ...? dachte der Pfleger fassungslos und wedelte aufgeregt mit den Armen, auf der Stelle stehend, auf welche die Stute zuhielt. Knapp vor dem Tor, so daß das Holz fast ihr Fell berührte, stoppte sie. Die Erde flog auf unter den bremsenden Hufen, und der

Mann begann angesichts des gerade noch abgewendeten Unglücks laut zu schimpfen.

Ghazalia hatte sich resigniert in eine Ecke der Weide zurückgezogen und schien, den Kopf auf einen Zaunpfosten gelegt, zu träumen. Ihre Augen waren in die Ferne gerichtet, als würde sie da draußen, wo die Ebene in Wald überging, etwas sehen können, nach dem sie sich sehnte. War es die Freiheit? Vielleicht suchte sie einen Freund, der sie verstand, der sie nicht einsperrte zwischen Mauern und Zäunen und der sie nicht für verrückt hielt? Der sich mit ihr beschäftigte und ihr Liebe und Verständnis gab?

Einen Beweis menschlichen Unverstandes brachte die folgende Nacht. Die Nacht, in der das Pony Trixi starb. Trixi war klein, gutmütig und sanft und wurde wegen ihrer Freundlichkeit meistens von kleineren Kindern geritten. Ein kleines Mädchen hatte eine Reitstunde mit ihr gehabt, und als sie Trixi in den Stall zurückbrachte, dachte sie wohl, das Pferd müsse verhungern, wenn sie ihm nicht einen ganzen Eimer mit Kraftfutter in den Trog schüttete. Schnell sah sie sich um, ob sie nicht beobachtet wurde und leerte dann den Eimer aus. „Da mein Liebling, heute sollst du dich einmal richtig satt fressen!"

Trixi war begeistert, das Vitaminfutter in sich hineinzustopfen. Um Mitternacht bekam sie schreckliche Schmerzen und bald darauf Fieber und Schüttelfrost. Sie trank viel zu große Mengen Wasser.

Die Pferde im Stall spürten die Gefahr, sie wieherten und schlugen gegen das Holz ihrer Boxen. Wie eine Besessene donnerte auch Ghazalia gegen die Bretter, bis eines splitternd barst. Von diesem Höllenlärm hätte der Stallbursche, der über dem Stall ein Zimmer hatte, sofort aufwachen müssen. Aber er wollte einfach nicht kommen. Als er endlich erschien und einen Arzt gerufen hatte, war es für Trixi zu spät. Ihr Bauch glich einem Ballon, sie lag am Boden und atmete fast nicht mehr. Der Tierarzt schüttelte den Kopf und gab ihr eine schmerzstillende Spritze.

Die Pferde im Stall senkten die Köpfe, als wüßten sie, was geschehen war. Bald darauf war Trixi tot. Der Morgen war grau und trüb, und die Wolken weinten, als ein Traktor den leblosen Körper mit Seilen aus dem Stall zog.

Am nächsten Tag stand bereits ein neues Pferd an Trixis Platz. Nichts schien mehr an die kleine Stute zu erinnern. Oder blitzten seither Ghazalias Augen noch um eine Spur wilder als bisher? So bald würden sie und die anderen Pferde im Stall nicht vergessen, wie schrecklich es gewesen war, mit ansehen zu müssen, wie Trixi um ihr Leben kämpfte und den Kampf verlor.

Der Neuankömmling war ein ehemaliger Galopper, der die anderen Pferde kaum zur Kenntnis nahm und Menschen halb fürchtete, halb verachtete. Yellow-Cab war ein großer Wallach mit gelblichem Fell. Er war viele große Rennen auf der ganzen Welt gelaufen, und wenn er und Ghazalia jetzt auf der Koppel waren, dann liefen sie voller Übermut zusammen um die Wette.

Eines Tages, als die junge Stute wieder ein ganzes Stück gewachsen war, geschah es, daß sie, nach einigen Runden am Zaun entlang, langsam an Yellow-Cab vorbeizuziehen begann. Der unbändige Drang nach Schnelligkeit und Freiheit war wohl das Erbe ihres Vaters, vielleicht der Ruf der Wüste. Ihr Wunsch, davonzustürmen, schien übermächtig zu werden.

*

Als in Ghazalias Leben der Winter zum zweitenmal vom Frühling abgelöst wurde, war sie zu einem der schönsten und edelsten Pferde im Stall herangewachsen. Sie hatte die für ein Araberpferd charakteristischen – wie es in der Fachsprache heißt – „trockenen" Beine, lang, sehnig und überschlank. Die Hufe waren kurz, hart und gesund. Der etwas knochige Körper war bedeckt von seidigglänzendem, stahlgrauem Fell, das bereits von vielen weißen Haaren durchsetzt war: erste Zeichen des späteren Schimmels. Die dichte Mähne, die bis unter den Hals reichte, und der seidige, bodenlange Schweif aber waren jetzt schon fast ganz weiß. Die meisten Pferde haben dunkelbraune Augen; Ghazalias Augen jedoch leuchteten wie dunkler Bernstein, und ihr Blick war wach, wild und herausfordernd. Der für ein arabisches Pferd eher untypische gerade, schmale Kopf endete in weiten, dunkelgrauen, samtweichen Nüstern.

Doch Ghazalia sollte am eigenen Leib erfahren, daß sie für die Menschen nur so lange etwas bedeutete, wie sie als nützlich oder wertvoll galt. Es kam der Tag, an dem alles schiefging. An einem Ende der Koppel stehend, scharrte sie den Boden und begann mit angelegten Ohren auf den gegenüberliegenden Zaun zuzuhalten. Rainer, der mit zwei anderen Stallburschen auf einem Holzstapel saß, rief aufgeregt: „Schnell! Sie versucht es wieder!"

Er sprang auf und lief zur Weide, wo Ghazalia bereit war, diesmal den Sprung zu wagen. Die von der Frühlingssonne aufgeweichte Erde ließ sie jedoch wie auf Gummi laufen, beim Absprung straucheln und mitten in den Zaun stürzen. Durch die Wucht ihres Körpers barst das Holz krachend, und ein Splitter drang in ihr linkes Hinterbein. Ihre Verwirrung nutzend, waren die Stallburschen aufgesprungen, griffen beinahe gleichzeitig nach ihrem Halfter und führten das leicht lahmende Pferd in den Stall.

Als sie die klaffende Wunde an der Hinterhand entdeckten, wurde der Tierarzt gerufen. Nur in Narkose war es möglich, das vom Schreck gezeichnete, wild um sich schlagende Pferd zu behandeln. Als Ghazalia benommen aus dem künstlichen Schlaf erwachte, war die Wunde genäht und verbunden. Der klopfende, dumpfe Schmerz aber war geblieben.

Am nächsten Morgen konnte sie auf dem Bein nicht stehen. Unbeholfen versuchte sie, mit den Zähnen den

Verband aufzureißen, der tief in das geschwollene Fleisch einschnitt. Als Rainer, der Stallbursche, den Fuß sah, lief er entsetzt zu seinem Chef, der den Tierarzt ein zweitesmal zu Ghazalia beorderte. Von Schmerzen gepeinigt und von zwei Männern festgehalten, ließ sie diesmal den Arzt an ihr Bein heran. Obwohl sie geimpft und die Wunde sorgfältig desinfiziert worden war, hatte sie Fieber; sie war schweißbedeckt und konnte sich kaum aufrecht halten. Der Arzt verstand das nicht, er gab ihr wieder eine Spritze und wollte am Morgen wiederkommen.

Ein sorgfältigeres Betasten des Beines ließ ihn dann jedoch stutzig werden. Eine neuerliche Narkose war nötig, um das Bein oberhalb der Wunde zu öffnen. Dort steckte quer zum Knochen ein langer, spitzer Holzspan, der entfernt werden mußte.

Wegen ihrer edlen Rasse war sie vor dem Schlachthaus bewahrt worden. Für ein gewöhnliches Fohlen wären wahrscheinlich nicht so hohe Arztkosten und die notwendige Pflege aufgewendet worden. Ein älteres Pferd oder ein Pferd ohne Stammbaum wäre nicht mehr am Leben.

Die folgenden Wochen und Monate veränderten die Jungstute in jeder Beziehung. Stark abgemagert, mit stumpfem Fell, glanzlosen, starr blickenden Augen, ließ sie mit zwar angelegten Ohren, ansonsten aber willenlos, die Behandlung ihres Beines über sich ergehen. Viele Medikamente waren erprobt worden, um das wild wuchernde Narbengewebe zu stoppen, das nicht richtig heilen wollte. Wegen ihrer Verletzung wurde Ghazalia nicht auf die Koppel gelassen, da man der Meinung war, ein krankes Bein könnte nur heilen, wenn es nicht bewegt würde. Wie aber sollte Ghazalia gesund werden, ohne Sonne, ohne Wind, ohne den richtigen Freund, der sich wenigstens bemüht hätte, sie zu verstehen? Sie war jetzt so schwach, daß sie nicht einmal ordentlich nach den Menschen treten konnte, die an ihrem Bein herumfingerten. Es waren zwar keine Holzsplitter mehr im Bein, aber die linke Fessel war jetzt doppelt so dick wie die gesunde; die Wunde näßte und eiterte, und das wilde Fleisch wucherte weiter.

Ghazalia wäre jetzt alt genug gewesen, um zugeritten zu werden. Ihr Bein war jedoch nicht belastungsfähig. Sie galt als schonungsbedürftiges nutzloses Tier, an dem das einzige, das zählte, seine Abstammung war. Sie galt weiterhin als bissig und absolut unberechenbar; niemand, der sie kannte, kam ihr zu nahe, und diejenigen, die sie nicht kannten, wurden vor ihr gewarnt.

Ein heißer, schwüler Sommer wurde von einem regnerischen Herbst abgelöst. Noch immer zeichnete sich keine Besserung in Ghazalias Zustand ab. Hie und da wurden Stimmen laut, man sollte das „arme Tier" doch von seinen Leiden erlösen. Jedoch noch stießen sie bei Heinz Woermann auf taube Ohren.

Eines Nachts war die Schraube, an der Ghazalias Halfter befestigt war, durch ihr immerwährendes Reißen an der Kette so gelockert worden, daß nur noch ein kleiner Ruck nötig war..., und Ghazalia war frei. Eine weitere Stunde dauerte es, bis sie es geschafft hatte, mit den Zähnen den Riegel der Stalltür zu öffnen. Mühsam lahmte sie hinaus in die Herbstnacht. Schon seit Wochen regnete es ohne Unterlaß. Auch in dieser Nacht nieselte es sacht auf das stumpfe Fell der Stute, als ihre Beine im schlammigen Koppelboden versanken. Vorsichtig hinkte sie auf die tiefste Stelle zu, die nasse Erde bedeckte die wuchernde Narbe ihrer linken Fessel. So stand die junge Stute die ganze Nacht im aufgeweichten Boden.

Als der Morgen graute und es aufhörte zu regnen, fand Rainer, der Stallknecht, das Pferd dösend, das kranke Bein schonend, im Koppeleck. Als er versuchte, Ghazalia einzufangen, schlug und biß sie, so daß es ihm unmöglich war, sich ihr zu nähern. Schulterzuckend ging er in den Stall und versorgte die anderen Pferde, bevor er Heinz Woermann Bericht erstattete. Als dieser das Pferd auf der Koppel sah und die trocken werdende Lehmschicht an seinen Beinen, sagte er nachdenklich: „Vielleicht hat sie sich selbst mit diesem Ausbruch geholfen. Sie hat den Instinkt der Wüstenpferde. Was wir mit Medikamenten nicht geschafft haben, wird vielleicht durch diesen Lehmverband erreicht werden. Wenn sie nicht in den Stall zurück will, schütte ihr Futter in den

Unterstand auf der Koppel. Geben wir ihr eine Chance! Schlechter kann es nicht mehr werden. Falls es hilft, nützt sie nicht nur sich selbst, sondern auch mir. Wenn nicht..." Damit drehte er sich um und ging.

Nach einer Woche, bei jedem Wetter im Freien, lahmte Ghazalia nicht mehr, wenn sie durch den tiefen Boden watete. Ihr Fell war lehmbedeckt, denn sie hatte nicht nur im Lehm gestanden, sondern sich natürlich auch darin gewälzt. Endlich war die Sonne durch die Wolken gebrochen; die Stute warf den Kopf hoch, ihre Augen glänzten wieder, sie wieherte und stieg steil. Sie begann zuerst vorsichtig, dann immer schneller am Zaum entlangzutraben. Schließlich fiel sie in Galopp und lief so schnell, wie es der tiefe Boden erlaubte. Immer wieder warf sie den Kopf auf und wieherte. Aber es war kein Fohlenwiehern mehr. Es war das helle triumphierende Wiehern einer jungen Stute. Allmählich entwickelten sich ihre Muskeln wieder. Am Ende des Winters, als Dreijährige, war sie eine etwas eckige, für ihr Alter und die Rasse große, graue Jungstute mit wildem, feurigem Blick und einer häßlichen Narbe am linken Hinterbein.

Heinz Woermann beschloß, sie mit anderen Fohlen während des Sommers auf eine Alm zu schicken, auf der sie zum ersten Mal im Leben eine unbeschwerte, glückliche Zeit erlebte. Sie fühlte sich frei und glücklich und fern von menschlichen Zwängen.

Im Herbst wurden die Jungpferde wieder eingefangen, und einem eintönigen Winter folgte wieder ein Frühling. Die Stute war jetzt vier Jahre alt, und man beschloß, sie zuzureiten.

Nichtsahnend hatte sich Ghazalia das erste Mal die kalte Trense ins Maul schieben und den Sattel auflegen und festgurten lassen. Als sie jedoch an der Longe die ersten Peitschenhiebe zu spüren bekam, nahm sie die Herausforderung an, sah in jedem, der ihr Reithalfter und Sattel auflegen wollte, einen Feind und war zorniger denn je.

Abends war sie erschöpft vom täglichen Sich-Wehren. Gab es denn niemanden, der ein Pferd wie Ghazalia verstand? Einen Menschen, der es genoß, auf dem Rücken eines schnellen Pferdes über weite Ebenen zu reiten? Jemand, der wußte, daß sich so ein Pferd nach einem Freund und Herrn sehnte, der wußte, daß man so ein Pferd niemals, wirklich niemals, schlagen durfte? Daß Ghazalia Liebe, Zuwendung und Verständnis brauchte?

Sandra

Der Tag, an dem alles anders werden sollte, kam dennoch. Es war um die Mittagszeit, als die Stalltür geöffnet wurde und Heinz Woermann mit einem älteren grauhaarigen Mann mit energischem Augenausdruck den Stall betrat. Hinter den Männern ging ein junges Mädchen, etwa achtzehn Jahre alt, mit schwarzem, langem Haar und graugrünen Augen. Die Besucher waren Charles Legrand – ein in Deutschland lebender Franzose, Besitzer eines Gestüts – und seine Tochter Sandra.

Sandra liebte Pferde und verstand etwas von ihnen. Sie war nicht nur eine ausgezeichnete Bereiterin, sondern hatte auch ihre Ausbildung als Jockey beendet.

Woermann zeigte seine Pferde und Stallungen; er blieb nicht ohne Stolz hinter Ghazalias Stand stehen und erzählte den beiden von ihrer besonderen Abstammung.

„Ja", bemerkte Legrand. „Die Abstammung scheint im Moment das einzig Gute an diesem Pferd zu sein. Sie hat eine große Narbe am Bein und, wie du mir erzählt hast, ist sie schwierig und noch nicht zugeritten. Komm, gehen wir essen", fuhr er fort, „dann kannst du mir in Ruhe von deinen Auswanderungsplänen nach Australien erzählen. Ich werde dir ein paar gute Ratschläge geben können!"

Sandra Legrand jedoch blieb noch eine Weile im Stall. Sie beobachtete aufmerksam ein Pferd nach dem anderen, um schließlich wieder vor Ghazalias Box stehenzubleiben. Sie sah die Stute lange an. Da senkte Ghazalia den Kopf, und Sandra lächelte, als hätte sie das Pferd erkannt. Sie öffnete die Tür der Box und ging ganz einfach hinein. Wußte Sandra nicht, daß Ghazalia als bösartig galt?

Im gleichen Augenblick krähte eine Stimmbruchstimme: „He, geh da schnell wieder raus! Die schlägt und beißt wie verrückt!" Es war Herbert, einer der Jugendlichen, die sich einbilden, in kurzen Reiterferien perfekt geworden zu sein.

Sandra beachtete ihn nicht. Ehe Ghazalia wußte, wie ihr geschah, streckte sich ihr eine kleine, schlanke Hand entgegen. Blitzschnell schnappte Ghazalia zu. Aber im gleichen Augenblick bekam sie einen festen Knuff auf die Nase, so daß sie sich erschrocken und beleidigt in eine Ecke ihrer Box zurückzog. Drohend hob sie ein Hinterbein.

Aber anstatt die Flucht zu ergreifen, wie es jeder andere Mensch jetzt getan hätte, sagte Sandra: „Kein Pferd ist von sich aus bösartig; also versuche erst gar nicht, mir das weiszumachen. Du bist nun mal kein gefügiges Pferdchen. Du bist etwas ganz Besonderes, nur hat das wahrscheinlich noch keiner gemerkt. Na, komm doch! Sei friedlich und laß die Drohungen! Ich will nichts von dir, also dreh dich wieder um. Oder aber du willst nichts von mir wissen – dann gehe ich einfach wieder." Das alles sagte Sandra mit sanfter, beruhigender Stimme.

Tatsächlich stellte Ghazalia ihr Bein wieder auf den Boden, sie drehte sich mißtrauisch um. Sandra lächelte. Ghazalia war verwirrt. Noch nie hatte sich ein Mensch ihr gegenüber so verhalten. Sie war unsicher und wußte nicht, wie sie reagieren sollte. Stocksteif stand sie da, mit rollenden Augen und wartete. Aber es geschah nichts.

Sandra sagte: „So gefällst du mir! Wir sehen uns später noch, meine Gute!" Sie wandte sich ab und verließ die Box ebenso selbstverständlich, wie sie sie betreten hatte. Als das Klicken der Stalltür schon längst verhallt war, wandte die Stute schließlich den Kopf in die Richtung, in der das Mädchen verschwunden war.

Am nächsten Morgen, als Ghazalia wieder von Reitlehrer Dressler longiert wurde, wollte man sie zu reiten versuchen. Dressler bat eine Reitschülerin, die für ihren Ehrgeiz, aber auch für ihre Arroganz bekannt war, sich in Ghazalias Sattel zu setzen, um die Stute an einen Reiter zu gewöhnen.

Natürlich versuchte Ghazalia, nach dem Mädchen zu schnappen. Sie spürte die Unsicherheit und Angst der Reiterin. Als diese endlich aufgestiegen war und – die Beine um den Pferdebauch geklammert – zu reiten versuchte, stieg und bockte die Stute, bis die Reiterin nach dem fünften Versuch, sich im Sattel zu halten, wiederum im Sand landete. Wütend verließ sie den Reitplatz.

Da erschien Sandra. Sie fragte den Reitlehrer, ob sie es mit Ghazalia versuchen dürfte. Klaus Dressler zögerte, aber Sandra erklärte ruhig: „Ich trainiere seit Jahren Rennpferde auf dem Gestüt meines Vaters. Die sind gewiß auch nicht ganz einfach zu behandeln. Ich übernehme die Verantwortung!" Sie nahm dem Mann die Zügel aus der Hand und sagte sanft, aber bestimmt zu dem Verblüfften: „Übrigens, ich brauche keine Longe!"

Dann führte sie die Stute in eine Ecke des Reitplatzes und wartete, bis Dressler sich etwas entfernte. Sie führte Ghazalia einige Runden am Zaun entlang, wobei sie leise mit ihr redete und ihr ab und zu die Stirn kraulte. Ruhig ging Ghazalia neben dem Mädchen her, die Stute entspannte sich sichtbar. Ehe Ghazalia es dann begriff, saß Sandra auf ihrem Rücken. Das Pferd stand wie versteinert und wartete. Hätte Sandra es gewagt, mit den Beinen gegen den Bauch zu hämmern oder die Gerte einzusetzen, wie die immer wieder falsch behandelte Ghazalia es gewohnt war und erwartete, wäre sie unweigerlich abgeworfen worden. Doch nichts geschah. Sandra schien auch zu warten. Das Pferd wurde nervös, begann hin und her zu trippeln, zu schnauben und den Kopf zu wenden.

Plötzlich sagte Sandra ganz sanft: „Komm, komm, so schlimm ist das alles nicht. Sei ein bißchen brav! Und du darfst bald laufen, so lange und so schnell du willst! Das verspreche ich dir!" Ghazalia schien Vertrauen zu fassen, sie setzte sich langsam in Bewegung und folgte den sachten Anweisungen ihrer Reiterin.

Einige Zeit später bat Sandra die inzwischen herbeigekommenen Zuschauer: „Macht mir bitte das Tor auf! Und tretet zurück!"

Ihr Vater und Heinz Woermann berieten sich, schließlich gaben sie dem Reitlehrer einen Wink, worauf dieser, zögernd noch, das Tor öffnete. Mit stolz erhobenem Kopf und glänzenden Augen ging Ghazalia hinaus.

„Jetzt Schritt, Ghazalia, sonst knallst du auf den Asphalt!" erklang die Stimme des Mädchens. Ganz leicht nahm Sandra die Zügel kürzer, um die Stute zurückzuhalten. Als sie das Stallgelände verlassen hatten, dehnten sich vor ihnen weite Wiesen und Felder aus, die in der Ferne von einem Wald begrenzt wurden. Naß und schwitzend vor Aufregung, spürte Ghazalia plötzlich einen sanften Schenkeldruck und ein Lockerwerden der Zügel. Sandra duckte sich über ihren Hals, und im gleichen Augenblick lief die Stute los. Ihre Hufe flogen über den Boden, und der Wind rauschte in ihren Ohren. Sandras Schenkel drückten sich fester an den Pferdeleib, und am Ohr der Stute rief das Mädchen: „Zeig mir, Ghazalia, was in dir steckt! Zeig, daß ich mich nicht getäuscht habe!"

Die Bewegungen des Pferdes wurden gelöster, die zierlichen Hufe donnerten immer schneller über die ebene Erde. Keine straffen Zügel, keine schmerzende Trense, keine Gerte, nur ein kaum spürbares Gewicht auf dem Rücken – so lief Ghazalia über die Wiesen. Erst als der Wald vor ihnen lag, parierte Sandra das Pferd, das schnaubend, mit schweißnassem Fell, gehorchte.

„So, jetzt ist es gut! Ruhig, für heute ist es genug! Auf dem Nachhauseweg werden wir ein bißchen Dressur versuchen!"

Anfangs wehrte sich Ghazalia dagegen, sie bockte und stieg, aber Sandra war unermüdlich, nicht abzuschütteln. Sie nahm die Zügel ganz kurz auf und trieb die Stute gleichzeitig vorwärts, worauf diese endlich den Hals bog und nervös, aber folgsam alles tat, was ihre Reiterin verlangte.

Noch war alles sehr neu, aber Ghazalia lernte erstaunlich schnell.

Als die beiden wieder beim Reitstall angelangt waren, warteten bereits alle und bestürmten Sandra mit Fragen. Sie sprang ab, klopfte den schweißnassen Pferdehals zärtlich und erklärte lächelnd: „Ich glaube, sie vertraut mir! Wir verstehen uns einfach! Ein wundervolles Pferd! Ich werde sie selbst absatteln!"

Noch nie zuvor hatte ein Mensch so etwas von Ghazalia gesagt. Es schien, als hätte die Stute endlich einen Freund gefunden, einen Menschen, der sie mochte und verstand.

Am nächsten Morgen kam Sandra wieder in den Stall, den Sattel bereits über dem Arm. Diesmal ging sie mit dem Pferd zuerst auf den Reitplatz. Nach zwei Stunden Training, bei dem es auch hin und wieder zu kleinen Machtkämpfen zwischen den beiden kam, durfte die Stute, wie als Belohnung, wieder hinaus ins Gelände. Kaum hatte Sandra die Zügel freigegeben, begann Ghazalia in wildem Tempo über die Wiesen zu jagen. Erschöpft, aber zufrieden kamen beide schließlich beim Stall an.

Dort wartete Legrand schon auf seine Tochter. Neben

ihm stand Heinz Woermann, der zutiefst erstaunt immer wieder sagte: „Es ist wie ein Wunder... das Mädchen und dieses Pferd!"

Am dritten Tag wartete Ghazalia schon auf die Begegnung mit Sandra, jedoch wartete sie vergebens. Weder am nächsten noch am übernächsten Tag kam das Mädchen. Verzweifelt wiehernd trabte die Stute wieder und wieder am Koppelzaun entlang, doch Sandra kam nicht. Der einzige Mensch, der das Wesen dieses Pferdes zu begreifen schien, hatte es scheinbar im Stich gelassen.

Ghazalia konnte nicht wissen, daß Legrand und seine Tochter überstürzt und ängstlich abgereist waren. Sandras Mutter war überraschend erkrankt, und der behandelnde Arzt hatte am Telefon dringend um ihre Rückkehr gebeten.

Mara Legrand war Deutsche, eine zarte, zerbrechliche Frau, die wegen ihrer angegriffenen Gesundheit meistens in wärmeren Ländern lebte, wo milderes Klima herrschte als im heimatlichen Teutoburger Wald. Obwohl sie großen Anteil an den reiterlichen Erfolgen ihrer Tochter nahm, konnte sie doch die anstrengende Arbeit im Gestüt nicht mitmachen.

Selbst eine gute Reiterin, hatte sie als junges Mädchen Charles Legrand kennengelernt, dessen Liebe und Interesse für Pferde sie teilte und mit dem sie schließlich als seine Frau auf das Gestüt im Teutoburger Wald gegangen war. Seit der Geburt ihrer Tochter Sandra hatte sie jedoch nicht mehr reiten können. Sandra wußte seit jeher, wie sehnsüchtig die Mutter den ausgelassenen Spielen ihrer schönen Pferde auf den weiten Graskoppeln zusah.

Nachdem Vater und Tochter besorgt von Woermanns Reitstall heimgekehrt waren, kümmerten sie sich wie immer rührend um Mara Legrand. Bald besserte sich ihr Zustand, so daß Sandra und ihr Vater sich wieder auf ihre Arbeit und die Pferde konzentrieren konnten.

Trotz der Arbeit, die im Gestüt auf Sandra wartete, hatte das junge Mädchen Ghazalia nicht vergessen. Sie dachte viel an das ungestüme, junge Pferd; Sandra empfand es wie einen Verrat, daß das gerade entstandene Vertrauen und die erste Freundschaft so plötzlich zu Ende sein sollten. Sie wußte, daß dieses Pferd nicht bösartig, sondern nur falsch behandelt worden war, daß es sich nach Freiheit und Schnelligkeit sehnte. So bat sie schließlich ihren Vater, Ghazalia zu kaufen, und gab ihm das Versprechen, aus der Jungstute ein gutes Reitpferd zu machen. Ein Rennpferd vielleicht...

"Mein liebes Kind, es geht nicht darum, ein weiteres Reitpferd zu haben, aber diese Stute ist ein Araber, kein englisches Vollblut. Sie ist zu klein, ihr Bein ist geschädigt, du weißt nicht, ob sie den Belastungen gewachsen sein würde. Außerdem ist sie einfach unberechenbar. Ein gutes Rennen würde sie niemals laufen!"

"Bitte, Vater, laß es mich versuchen! Du hast sie nicht erlebt während unserer Ausritte. Sie ist besessen vom

Laufen, und sie ist schneller, als ihr alle glaubt. Ich habe schon viele unserer Pferde trainiert, sie ist mindestens so schnell wie unsere Besten!" versuchte Sandra ihren Vater zu überzeugen.

„Ich denke, daß du einfach dein Herz an dieses eigenwillige Pferd gehängt hast. Aber bitte, du sollst es haben. Nur trägst du dann die volle Verantwortung für das Tier, wenn es hier im Stall steht. Ich muß wissen, daß ich mich auf dich verlassen kann!"

Sandra nickte ernst. „Ich verspreche es dir. Aber bitte, beeile dich, du weißt, daß Woermann die Pferde verkaufen will, bevor er nach Australien geht. Der neue Käufer der Reitschule will Ghazalia nicht mit übernehmen!"

„Ich glaube nicht, daß er für dieses schwierige Tier so bald einen Interessenten finden wird", erklärte Vater Legrand.

Sein Irrtum sollte tragische Folgen für Ghazalia haben.

Im Elend

Als Legrand sich zwei Tage später mit seinem alten Freund in Verbindung setzte, war es zu spät.

„Tut mir leid, Charles, aber ich habe Ghazalia verkauft. Dressler hat das für mich erledigt, da ich einige Tage nicht hier war. Der Kaufvertrag ist nicht mehr rückgängig zu machen. Ich werde dich anrufen, wenn sich noch etwas ändert." Damit war das Gespräch beendet.

Sandra war bitter enttäuscht, aber zugleich auch wild entschlossen, die Stute zu suchen, sobald sie Namen und Adresse des neuen Besitzers erfahren hatte. Sie würde nicht einfach so aufgeben.

Unterdessen war das Schreckliche geschehen, und Ghazalia sollte verladen werden. Ein grobschlächtiger, untersetzter Mann, begleitet von seinem verschlagen dreinblickenden Jockey, sagte, nachdem sie die Stute auf der Koppel beobachtet hatten, zu Klaus Dressler: „Aus der ließe sich vielleicht noch was machen, trotz der Narbe am Bein. Ein Risiko gehen wir natürlich ein. Mein Reitstall ist erst im Aufbau begriffen, da kann ich mir Fehlinvestitionen nicht leisten. Aber gut, ich nehme sie."

Ghazalia wurde eingefangen und sollte sofort in den Pferdetransporter gebracht werden. Sie wehrte sich verzweifelt gegen die groben, ziehenden und schiebenden Hände und rief schrill wiehernd Yellow-Cab und ihre Mutter zu Hilfe, obwohl klar war, daß ihr niemand helfen konnte. Ohnmächtig vor Zorn biß und schlug sie um sich, was zur Folge hatte, daß man ihr eine Decke um den Kopf wickelte. Wie blind mußte sie nun dorthin gehen, wohin man sie führte, nämlich in den Anhänger. Drinnen sah sie durch ein kleines Fenster aus Plastikfolie, wie Yellow-Cab gemeinsam mit ihrer Mutter Johâr am Koppelzaun entlangtrabte und auf ihr verzweifeltes Wiehern antwortete, bis sie den Transporter nicht mehr sahen. Die Stute Ghazalia trat ihre Reise in eine ungewisse Zukunft an.

Nach einer endlos scheinenden Fahrt, die bis in den späten Abend dauerte, kam Ghazalia in ihrem neuen Zuhause an. Der Stall war vernachlässigt und ungepflegt. Aber die Stute war so müde und durstig, daß sie sich nicht mehr wehrte, als der Jockey, der von dem Stallbesitzer Wilson genannt wurde, sie in eine Box brachte, in der sie wenigstens Wasser und Futter fand. Noch nie hatte sich das junge Pferd so einsam gefühlt. Es wieherte seine Angst, Wut und Enttäuschung in den Abendhimmel, aber es erhielt keine Antwort.

Am nächsten Morgen kam Wilson, um Ghazalia aufzusatteln und zu trainieren. Aber als er die Box betreten wollte, ging sie mit flach angelegten Ohren und entblößten Zähnen auf ihn zu. Wilson fluchte, aber bald darauf kam er mit drei Männern wieder, die doppelt so groß schienen wie er. Mit Mistgabeln drängten sie die Stute in eine Ecke, einer sprang an ihr Halfter, während Wilson, ihren Tritten ausweichend, versuchte, sie zu satteln. Erst als die Männer Stricke um ihre Beine banden und sie still stehen mußte, um nicht zu stürzen, gelang es Wilson, sie reitfertig zu machen. Als er sie auf die Trainingsbahn geführt hatte und mit großer Mühe aufgestiegen war, bäumte sie sich steil auf und raste wild bockend über die Trainingsbahn.

Doch der kleine Mann auf ihrem Rücken war erbarmungslos: Wie wild schlug er auf das schäumende Pferd ein, flog aber letztlich doch in hohem Bogen in den Sand. Mit vereinten Kräften gelang es den schreienden Männern, die Stute wieder einzufangen, und alles begann von neuem. Je mehr Neugierige sich am Zaun der Trainingsbahn einfanden, desto wütender wurde der Jockey. „Du wirst mich kennenlernen! In einer Woche wirst du mitlaufen beim letzten Rennen vor der Wintersaison. Ich hänge meinen Beruf an den Nagel, wenn ich nicht mit dir fertig werden sollte!"

Als die Stute nach zwei Stunden völlig erschöpft eine Runde um die Bahn lief, ohne zu bocken, sprang Wilson ab und brachte sie in den Stall, wo er sie, ohne abzusatteln, einfach stehen ließ. Mit hängendem Kopf, über und über mit Striemen bedeckt, stand Ghazalia zitternd, bis ein Stallbursche kam, sie fütterte und absattelte.

Der nächste Tag begann und mit ihm der nächste Kampf zwischen Ghazalia und Jockey Wilson. Wieder mußte sie zuerst gefesselt werden, aber dann, auf der Bahn, schleuderte sie buckelnd und steigend den verhaßten Mann wieder aus dem Sattel. Wieder vergingen endlose Stunden, bis der Jockey sie einige Runden über die Sandbahn getrieben hatte, ohne daß Ghazalia noch Widerstand leisten konnte.

Am Freitag vor dem Rennen, als Wilson die Stute schweißbedeckt in die Box brachte, nachdem er sie wieder beinahe zuschanden geritten hatte, stieg sie steil hinter dem Mann hoch, wieherte schrill und ließ sich mit der ganzen Wucht ihres Pferdeleibes in Wilsons Rücken fallen. Mit einem erstickten Schrei stürzte der Jockey zu Boden, und nur die ständig anwesenden Stallburschen konnten verhindern, daß er zu Tode getreten wurde.

Der dicke Stallbesitzer eilte händeringend herbei und schrie: „Mein bester Jockey! Sie wird uns noch alle umbringen! Morgen lasse ich sie noch mit einem Ersatzmann starten. Danach wird sie sofort verkauft, meinetwegen erschossen! Bringt sie weg, ich will sie nicht mehr sehen. Sie ist verrückt, total verrückt. Ich habe auch noch bezahlt dafür, daß sie meine Leute umbringt!"

Ghazalia, selbst am Ende ihrer Kräfte, verbrachte die Nacht aufgezäumt und gesattelt in ihrer Box, erschöpft, aber mit ungebrochenem Willen.

Die Morgennebel verschleierten noch den Himmel, als sich ein drahtiger, kleiner Mann mit leuchtendrotem Haar dem schäbigen Stall näherte. Zahllose Sommersprossen prangten auf seiner Nase.

Ghazalia spürte sein Wohlwollen, als er mit unverwechselbar englischem Akzent zu ihr sprach: „He, du, ich bin William Fox und ab sofort dein Ersatzjockey. Oh, dear, was haben die mit dir gemacht! Du siehst furchtbar aus, du Arme! Entschuldige, Darling, ein Gentleman sagt einer Dame so etwas nicht. Aber Rothaarige sind so impulsiv. Wahrscheinlich hat Wilson dich so verpatzt, daß ich heute auch keine Wunder mehr wirken kann. So ein exquisites Mädchen wie dich darf man doch nicht so grob behandeln. Mir sind die Methoden in diesem Stall auch nicht recht! Verdammt!" Leise redend öffnete er die Boxtür, trat zu der zitternden Stute und streichelte sacht ihren schweißverklebten Hals. Er sattelte sie ab und führte sie hinaus, wo er sie von oben bis unten mit einem Wasserschlauch abzuspritzen begann. Regungslos stand Ghazalia da. Fox brachte das triefende Pferd in die Box zurück, schleppte einen Ballen Stroh heran und rieb Ghazalia sorgsam trocken. Danach schüttete er Heu und Kraftfutter in ihren Trog und beobachtete besorgt, wie die Stute zaghaft zu fressen begann.

Kopfschüttelnd, immer wieder: „Oh my dear!" murmelnd, sah er auch noch zu, wie sie langsam das herbeigeschaffte Heu kaute. Schließlich klopfte er den Hals des Tieres, das zwar die Ohren ständig angelegt hatte – wie zur Warnung –, aber sonst ganz friedlich war.

Fox sagte: „Ich weiß nicht, was die Leute haben. Besonders freundlich bist du zwar nicht, aber den Satan im Leib, wie behauptet wurde, hast du sicher nicht. Und wie ich Wilson kenne und so, wie du zugerichtet bist, kann ich es dir nicht verübeln, daß du ihn am Ende beinahe umgebracht hast. Hattest ganz recht!" Er sprach weiter, wie selbstverständlich, mit dem Pferd. „Jedenfalls quält der kein Pferd mehr. Voraussichtlich wird er gelähmt bleiben. Schrecklich. Aber ohne Grund hast du ihn ja nicht angegriffen. Mußtest dich ja wehren." Damit wandte er sich ab und ging.

Das Rennen begann am Nachmittag, und Fox hatte beschlossen, die graue Stute bis dahin in Ruhe zu lassen. Als er den Stall verlassen hatte, sah Ghazalia ihm nach. Eine unbestimmte Sehnsucht ergriff von ihr Besitz, als sie den Geruch des pfiffigen, kleinen Mannes geatmet hatte, der so sanft mit ihr umgegangen war.

Der Zeitpunkt für das Rennen rückte näher, und Fox kam, um Ghazalia an den Rennplatz zu bringen. Brav ließ sie sich in den Anhänger ziehen und, angekommen, von dem kleinen Engländer satteln. Das Los hatte Reiter und Pferd eine schlechte Startposition, nämlich ganz außen, beschieden.

Der Lautsprecher gab bekannt: „... auch eine Außenseiterin ist heute am Start, Ghazalia, mit Ersatzmann William Fox, ein Mann vom Legrand-Gestüt..." Die Stimme ging unter im Knallen der aufklappenden Startboxen. Die Pferde schossen davon, Erdbrocken spritzten unter den donnernden Hufen weg, Ghazalia ins Gesicht. Unbehaglich schüttelte sie sich, blieb dann verwirrt und steif stehen, schnaubte, scharrte den Boden und versuchte auszubrechen. Fox setzte die Gerte ein.

Das restliche Feld näherte sich der Markierung für die zweite Runde, als der Favorit des Rennens plötzlich laut und triumphierend wieherte, worauf Ghazalia, die dies als Herausforderung zu empfinden schien, sich aufbäumte und endlich zu laufen begann. Fast hätte der Jockey den Halt verloren. Der Pferdekörper streckte sich, die Beine schienen den Boden nicht mehr zu berühren, als sie das Feld einholte, ja sogar zu überholen versuchte. Als die graue Stute an vierter Stelle lag, donnerten die Pferde über die Zielgerade.

Fox, der wie erstarrt gewesen war, fest auf Ghazalias Rücken, parierte sie durch und sprang federnd aus dem Sattel. Zufrieden verkündete er: „Das ist das beste Pferd, das ich je geritten habe! Ganz außen und nach so einem Zögern am Feld vorbei... und trotz allem Vierte geworden! Wäre sie nicht so eigensinnig, hätte sie spielend siegen können!"

Über den Lautsprecher erfuhr die staunende Menge, daß die junge Araberstute zwar nur Vierte geworden war, aber während ihres Aufholmanövers den Bahnrekord gebrochen hatte. Diese Ankündigung sorgte für Tumult auf den Tribünen und vor den Wettschaltern.

In der herrschenden Verwirrung achtete niemand mehr auf Fox, der, mit der grauen Stute neben sich, den Stallungen zustrebte. Dort angekommen, ließ er es sich nicht nehmen, Ghazalia selbst abzusatteln und ihr Wasser und die wohlverdiente Portion Futter zu geben.

Dann klopfte er ihren Hals und sagte mit etwas heiserer Stimme: „Schade, daß wir uns erst am letzten Tag hier kennengelernt haben. Du hättest wohl das Zeug zum schnellsten Pferd deiner Zeit; aber mit diesem zwielichtigen Kerl als Besitzer und in so einem minderwertigen Stall bezweifle ich, daß jemand in der Lage sein wird, deine Talente zu fördern. Vor allem schlägst du dir mit deinem Charakter selbst die Türen vor der

Nase zu, du eigensinniges Tier!" Damit zog er die Stute sanft an ihren flach angelegten Ohren und murmelte, während er sich zum Gehen wandte: „Auf jeden Fall werde ich Papa Legrand von dir berichten. Vielleicht kauft er dich. Mach's gut!" Und schon war der kleine Rothaarige verschwunden.

Da schnellten Ghazalias Ohren nach vorn, als hätte sie den gemurmelten Namen verstanden. Sie rannte gegen die Boxtür, deren oberer Flügel offenstand, und wieherte hinter dem Jockey her. Seitdem sie Sandra kennengelernt hatte, war er der erste, der auch nur versucht hatte, sie zu verstehen.

Verkauft

So wie es der Rennstallbesitzer nach dem Unfall seines Jockeys Wilson angedroht hatte, so geschah es. Am Morgen nach dem Rennen fuhr ein grauer Lastwagen vor, der nach getrocknetem Blut roch. Ein Stallbursche brachte einen ausgemergelten Schecken, der hustete und sich willenlos, mit hängendem Kopf, über die Rampe führen ließ. Danach ließ man den Schlachter mit seinem Wagen bis direkt vor die Stalltür fahren, postierte links und rechts neben die Rampe Männer mit Peitschen, während ein Bursche in der Box Ghazalias Halfter von der Kette löste. Laut schreiend trieb man die verstörte Stute durch die Stallgasse, an deren Ende sie kopflos über die Wagenrampe stürmte. Krachend schlug die Tür hinter ihr zu. Die Mühe, sie im Wagen anzubinden, machte sich niemand, da alle Angst hatten, in ihre Nähe zu kommen. Breitbeinig dastehend, versuchte sie während der holprigen Fahrt mühsam das Gleichgewicht zu halten.

Beim Gehöft des Tierverwerters angelangt, wurde der Wagen an den Eingang einer winzigen Koppel gefahren, und der Schlachter ließ Ghazalia über die Rampe in die Umzäunung laufen. Er gab Anweisung, den dämpfigen Schecken in eines der umliegenden Gebäude zu bringen, in denen Maschinengeratter zu hören war. Bald nachdem der alte Wallach durch die Tür verschwunden war, hörte das Rattern kurzfristig auf, ein peitschender Schuß zerschnitt die kurze Stille, und gleich darauf erklang wieder das ratternde Geräusch, von den Rufen der Angestellten übertönt. Die graue Stute auf der kleinen Koppel wieherte gellend, sie stieg steil. Ihre lange, bis über den Hals reichende Mähne wehte silbern im matten Licht, das die Novembersonne durch die Wolken warf, und ihre Hufe stampften den halbgefrorenen Boden. Sie spürte, daß dieses Gebäude den Tod durch Menschenhände bedeutete. Ihre Nüstern witterten den Geruch von Angst und Blut, und wie besessen rannte sie am Zaun entlang, um eine Stelle zu finden, die ihr die Flucht ermöglichen konnte. Doch der Zaun war hoch und stabil, dafür gemacht, auch der Wucht eines noch so wütenden Stiers standzuhalten.

Als der Tierverwerter das junge Pferd so sah, schwand sein letzter Zweifel. Er beschloß, Ghazalia gut zu füttern, und wenn ihr Fell wieder glatt und glänzend sein würde und die Narben aller Schläge verheilt, sie mit großem Gewinn weiterzuverkaufen.

So verbrachte die Stute den Winter fast ohne Bewegung im Stall des Schlachters, neben anderen Pferden, Maultieren, Ponys und Eseln, die alle auf Käufer warteten.

Während Ghazalias Leben wegen menschlichem Unverstand, menschlicher Gleichgültigkeit und Grausamkeit immer trostloser wurde, befand sich das Gestüt Legrand in heller Aufregung. Fox hatte nach seiner Rückkehr aus Baden-Baden nichtsahnend von der verblüffend schnellen, kleinen Araberstute erzählt. Legrand hörte geduldig den Ausführungen seines Jockeys zu, bis dieser den Namen des Pferdes erwähnte.

Der große, grauhaarige Mann sprang aus seinem Ledersessel auf und rief: „Fox, bitte sagen Sie das noch einmal! Seit Tagen versuche ich verzweifelt, den neuen Besitzer dieses Pferdes zu finden. Sandra hat sich die Stute in den Kopf gesetzt, seit sie sie auf Woermanns Reiterhof kennengelernt hatte. Sie kann das Tier nicht vergessen. Inzwischen ist Woermann aber in Australien gelandet, und mit dem Verkauf seiner Pferde hat er seinen Reitlehrer beauftragt, der auch alle anderen geschäftlichen Angelegenheiten für ihn regelt. Wenn dieser alles erledigt hat, will er übrigens auch nach Australien gehen, um dort mit Woermann eine Pferdefarm aufzubauen. Leider drängte die Zeit, und Dressler hielt sich bei der Auflösung des Besitzes nicht lange mit Formalitäten auf; deswegen war es mir unmöglich zu erfahren, an wen und wohin Ghazalia verkauft worden war. Sie wissen, wie schwierig es oft bei überstürzt verkauften Pferden ist, ihre Spur weiterzuverfolgen. Das einzige, was Dressler mir sagen konnte, war, daß sie in einen eher bescheidenen Rennstall gekommen ist. Sie können sich nicht vorstellen, mit wie vielen Stallbesitzern ich schon telefoniert habe! Leider wußte niemand etwas von einer hellgrauen Araberstute. Und nun kommen Sie und erzählen mir, daß Sie mit ihr das Rennen in Baden-Baden geritten sind! Wenn das Sandra hört!"

In diesem Moment betrat Sandra das Büro ihres Vaters, und Fox mußte die ganze Geschichte noch einmal erzählen. Kaum hatte er geendet, fiel ihm Sandra um den Hals. „O Foxy, du hast nicht nur Haare wie ein Fuchs, du bist auch ebenso klug!" sprudelte sie hervor, und zu ihrem Vater gewandt: „Siehst du, sie hat sogar den Bahnrekord gebrochen! Ich habe gleich gewußt, wie schnell sie ist! Wir müssen sie finden!"

Legrand erwiderte schmunzelnd: „Na ja, wenigstens reitet mein Spitzenjockey auf fremden Pferden Bahnrekorde, wenn er sich schon auf meinen nicht plazieren kann. Es wird Zeit, daß du das Gestüt übernimmst; anscheinend versteht meine Tochter mittlerweile mehr von Rennpferden als ich!"

Bei weiteren Recherchen nach Ghazalia erfuhr er, daß der Rennstallbesitzer, der die graue Stute zuerst erworben hatte, verhaftet worden war, da er zu oft illegale Geschäfte gemacht hatte. Um über den Verbleib eines bestimmten Pferdes mehr zu erfahren, waren langwierige Nachforschungen erforderlich.

So verging der Winter, es wurde Frühling und Sommer, bis Sandra von ihrem Vater erfuhr, daß ihre schöne, stolze Wüstenstute von einem dubiosen Schlachter herausgefüttert und an einen Schrotthändler verkauft worden war, dessen Telefon aufgrund unbezahlter Rechnungen nicht funktionierte. Erregt rief sie: „Ich fahre hin! Papa, ich nehme einen Transporter und fahre mit Fox hin. Ich kaufe sie sofort. O bitte, Papa, bitte, sag jetzt nicht nein, sonst kommen wir zu spät!"

An einem klaren, wolkenlosen Junimorgen, als der Tau noch glitzernd auf den weiten Wiesen des Legrand-Gestüts lag, stieg Sandra aufgeregt auf den Beifahrersitz des Transporters neben Fox.

Der kleine, pfiffige Engländer klopfte ihr kameradschaftlich auf die Schulter und sagte, während er den Motor startete: „Aber Sandra! Nur keine Angst, diesmal wird es klappen. Und dann machen wir beide das schnellste Pferd der Welt aus der kleinen Stute."

Es war ein kleiner Ort in der Schwäbischen Alb, den

sie auf keiner Straßenkarte fanden, in dem Alfons, der Schrotthändler, lebte. Sein klappriger Lastwagen funktionierte nicht mehr, und da dem Mann bei seinem verwahrlosten Haus, in dem er allein lebte, ein größeres Wiesengrundstück gehörte, hatte er beschlossen, ein Pferd zu kaufen. Einen Karren besaß er bereits; der stammte noch aus einer früheren Schrotthändler-Generation, war aber ziemlich gut erhalten. Alfons wollte das Grundstück und das hohe Gras der Wiese nützen und versprach sich außerdem mehr Gewinn, wenn er mit einem hübschen Pferd, anstatt mit dem Auto durch die Gegend fuhr, um Alteisen aufzukaufen. Den zugigen Schuppen, der auf der Wiese hinter dem Haus stand, funktionierte er notdürftig in einen Stall um. Da bereits ein Zaun rund um die Wiese vorhanden war, die bis jetzt als Schrottplatz gedient hatte, gedachte Alfons diese als Weide zu benutzen. Der Betrieb des Tierverwerters lag ganz in der Nähe, und so ergab es sich, daß Alfons zuerst bei ihm nach einem billigen Pferd fragen wollte.

Außer mehreren mageren Maultieren und Ponys war die junge Stute das einzige Pferd im Stall, und wenig später wurde sie verladen. Diesmal, um in Alfons' Schuppen einzuziehen. Da der Händler mit dem Moped zu seinem Haus vorausgefahren war, konnte er nicht sehen, wie rebellisch Ghazalia sich während des Verladens zeigte. Als der Fahrer des Transporters beim Häuschen des Schrotthändlers hielt, zählte der Tierverwerter zur gleichen Zeit zufrieden sein Geld. Er war außerdem froh, den Störenfried verkauft zu haben.

Ghazalia war zwar ungepflegt, vernachlässigt und schrecklich einsam, aber ihr Wille war ungebrochen. Alfons fluchte, als er Ghazalia aus dem Anhänger führen wollte und sogleich ihren Widerstand zu spüren bekam. Schrill wiehernd bäumte sie sich auf, riß dem verdutzten Mann den Führstrick aus der Hand und stürmte über die Rampe auf das Wiesengrundstück. Dort begann sie verzweifelt, nach einer offenen oder schadhaften Stelle im Zaun zu suchen. Als sie keine entdecken konnte, hämmerte sie hart mit den Hufen auf die morschen Bretter. Alfons griff nach der langen Peitsche und rannte laut schreiend auf sie zu. Einige Male schlug er dem Pferd den Peitschenstiel um Kopf und Beine, bevor Ghazalia, am Auge getroffen, von dem Zaun abließ. Vor Schmerz wild den Kopf schüttelnd, stand die Stute still, und der Mann konnte sie am Halfter packen. Als er sie durch die winzige Stalltür, die eigentlich nicht für ein Pferd gemacht war, in das dunkle Innere führen wollte, schlug ihm Ghazalia mit dem linken Vorderhuf ans Bein. Der Mann schrie auf und ließ zum zweitenmal das Halfter los. Fluchend humpelte er aus der Koppel. Er hob die geballte Faust gegen das Pferd und rief: „Du wirst mich kennenlernen! Meinetwegen bleib hier draußen und erfriere in der Nacht! Futter kriegst du nicht. Der Johann hat dir sowieso zuviel Hafer gegeben. Davon bist du so wild geworden. Das gewöhnst du dir bei mir schnell ab." Damit schlurfte er ins Haus.

Eingesperrt auf der Wiese, deren Zaun der Schrotthändler mit elektrisch geladenem Draht versehen hatte, ohne zusätzliches Futter, begann Ghazalia bald abzumagern. Unverdrossen aber schlug und biß sie nach Alfons, wenn dieser sich ihr zu nähern versuchte.

Die Nächte im März waren kalt, und für Frühlingsgras war es noch zu früh im Jahr. Bald waren die harten, langen Winterhalme bis zum Boden hin abgeweidet. Als Ghazalia immer magerer wurde, verloren ihre Schläge und Bisse an Heftigkeit, bis sie am Ende zu schwach geworden war, um sich zu wehren. Zartes grünes Gras durchbrach bereits die Erde, als sie vor Hunger teilnahmslos und geschwächt sich von Alfons in den kleinen, düsteren Stall führen ließ. Dort schüttete er ihr ein wenig Melasse in einen Eimer und warf ihr etwas Heu vor. Er hatte weder einen Stand noch eine Box gebaut, sondern einfach eine Kette an einem Eisenring in einer freigeräumten Ecke des Schuppens befestigt. Alfons verteilte als Streu nur ein wenig Sägespäne auf dem Boden. Auf diese Weise war der knochige Pferdekörper bald wundgelegen, und die Stute zog es vor, nur noch im Stehen zu schlafen.

Als Ghazalia einige Zeit später das erstemal vor den Wagen des Schrotthändlers gespannt wurde, wehrte sie sich nicht mehr. Unermüdlich mußte sie den Karren durch die hügelige Landschaft ziehen, die sich mit dem ersten Frühlingsgrün zu schmücken begann. Das magere, graue Pferd spürte von der neuen Jahreszeit nichts.

Ghazalias weiteres Leben schien vorgezeichnet zu sein. Es konnte nicht mehr lange dauern, dann würde sie sterben: entweder vor Erschöpfung oder im Schuppen des Schrotthändlers. Bald würde der Tag kommen, an dem sie nicht mehr gehen konnte. Matt und elend zog sie den Karren durch die Straßen, dankbar für jeden Halt, den Alfons vor den Häusern seiner Kunden machte. Am Ende des Tages war der Wagen oft zu schwer für das entkräftete Tier. Der Händler schlug auf Ghazalias Rücken ein, wenn sie bei der Steigung eines Weges nicht mehr weiterkonnte und zitternd, mit rollenden Augen, im Geschirr lehnte. Fluchend stieg er dann vom Wagen und mußte schieben, um mit seinem Gefährt nach Hause zu kommen.

Dort angelangt, ließ er die Stute den Karren auf die Wiese hinterm Haus ziehen und begann den Schrott abzuladen, der vierteljährlich von einer Recyclingfirma abgeholt wurde. Bis der Händler die Stute vom scheuernden Geschirr befreit und in den Stall gebracht hatte, war es bereits dunkel. Wasser, etwas alte Melasse und muffiges Heu waren alles, was er dem Pferd gab, dann schlurfte er aus dem Stall.

Mit matten Augen blieb Ghazalia zurück, träumend von einem weiten Land, in dem es keine Grenzen und vor allem keine Menschen gab, die sie quälten. Aber niemand kam und sagte: „Ich bin hier, um dich zu holen", denn niemand wußte, wo sie war. Es war sinnlos zu leben, sinnlos zu träumen, sinnlos sich zu wehren.

Ghazalia war zu mutlos und zu krank, sie hatte jetzt nur noch sehr wenig Kraft.

Es war Mai geworden und bereits ziemlich heiß. Unzählige Fliegen saßen Tag und Nacht auf Ghazalias wundgescheuertem Fell. Den Menschen, die Alfons auf seinen Fahrten fragten, warum das Pferd so elend sei, erzählte er, es wäre einfach nur mager und sähe deshalb so schlecht aus. Er versicherte, daß er Unsummen für einen Tierarzt ausgäbe.

Die Wahrheit war, daß er gemerkt hatte, daß die graue Araberstute alles andere als ein starkes Zugpferd war, und nicht mehr lange leben würde. Nach einem Anruf beim Tierverwerter hatte er erfahren, daß er sein Geld von diesem auf keinen Fall zurückerstattet bekäme. Außerdem hatte das Pferd keine Papiere und war illegal weiterverkauft worden. So hatte Alfons, der Schrotthändler, beschlossen, mit der Stute noch so lange weiterzuarbeiten, bis sie völlig am Ende war, um sie dann – und diesmal endgültig – vom Schlachter holen zu lassen. Immerhin würde er noch den Schlachtpreis für ihr Fleisch erhalten, auch wenn es wenig genug war.

Als Fox den Wagen mit dem Transporter vor dem Anwesen des Schrotthändlers anhielt, sagte er kopfschüttelnd: „Das hier scheint es zu sein. Du meine Güte, wenn dein Pferd hier tatsächlich leben sollte, wird nicht mehr viel von ihm übrig sein. Ich kann mir Ghazalia so nicht vorstellen: ergeben vor dem Karren eines Schrotthändlers!"

Steif von der langen Fahrt, kletterte Sandra aus dem Wagen. Als auf ihr Klopfen niemand öffnete, drückte Fox die Klinke der Haustür nieder, die quietschend einen Blick in den verstaubten Flur freigab. Sie öffneten die Tür zu einer unordentlichen Küche, wo Alfons, offensichtlich betrunken, am Tisch saß, die Schnapsflasche vor sich.

Fox und Sandra erklärten, warum sie gekommen waren, und daß sie das graue Pferd kaufen wollten. Alfons' Augen blitzten interessiert auf. Dann ging er mit den Besuchern zum Schuppen hinüber.

Ghazalia stand mit halbgeschlossenen Augen in ihrem schmutzigen Verschlag, dessen Boden vor Feuchtigkeit zu modern begonnen hatte, graues Heu vor sich und zu müde, um die Fliegen zu verjagen, die auf ihrem wundgescheuerten Fell saßen. Die Sehnsucht nach einem Freund, nach Sandras Stimme, ihren sanften, kleinen Händen war verschwunden. Es war sinnlos geworden, zu träumen. Die graue Stute dämmerte dahin. Sie hatte kein Geräusch gehört und auch nichts gesehen, als sie eine Hand an ihren Nüstern spürte. Sie öffnete die Augen, und ein matter Schimmer des Erkennens glomm in ihnen. Da stand sie, Sandra! Ghazalia wollte wiehern, sich an sie drücken, aber ihr Hals schien wie zugeschnürt und die Beine wie aus Blei. Sie war unfähig, sich zu rühren. Sie starrte das Mädchen an, und endlich entrang sich ein heiseres Schnauben ihrer Kehle.

Sandra war blaß geworden. Tränen stiegen in ihre Augen, sie brachte kein Wort heraus. Nur ihre kleine, feste Hand streichelte sanft die Nüstern des Pferdes. Dann wandte sie sich um und ging aus dem Stall. Verzweifelt riß Ghazalia an ihrem Strick, glaubte, Sandra würde ohne sie fortgehen. Aber das Mädchen kam wieder, neben ihr war Fox. Sie sahen das elende, erschöpfte Pferd, den struppigen Schweif, die verfilzte Mähne und die fingerbreite Narbe unter dem verschwollenen linken Auge.

Sandra drehte sich zu Alfons um, packte ihn bei den Schultern und schrie: „Sie elender Tierquäler, was haben Sie mit ihr gemacht? Das Pferd ist krank und am Verhungern! Ich gebe Ihnen jetzt das Geld und nehme die Stute sofort mit. Wir werden Sie im Auge behalten, und wenn ich noch einmal ein Tier bei Ihnen finde, zeige ich Sie an!" In Schluchzen ausbrechend, trat sie zu Ghazalia, nahm ihr das alte, geflickte Stallhalfter vom Kopf und sagte nur: „Komm mit!!"

Da löste sich etwas in Ghazalias Kehle, und sie begann zu wiehern. Zuerst tonlos und heiser, dann aber lauter und heller. Sie fühlte eine Hoffnung, eine unbestimmte Veränderung. Der Alptraum war zu Ende. Frei! Sie warf den Kopf, ihre Augen belebten sich, und trotz ihres Elends spürte sie, daß noch etwas von der alten Kraft in ihr war.

Sandra faßte in die Reste der einst so dichten, langen Mähne und führte das Pferd langsam hinaus in die

Abenddämmerung. Beim Anhänger liefen ihr die Tränen über die Wangen, als sie die Rampe herunterließ. Das immer so widerspenstige Tier wartete jetzt reglos hinter ihr; ohne die geringste Aufforderung ging Ghazalia bedächtig in den Hänger.

Der kleine, sonst so ruhige Jockey wandte sich zornig an den Händler. Er drückte ihm den Scheck in die Hand und fuhr ihn an: „Hier ist das Geld! Und wagen Sie nicht, dafür ein Pferd oder ein anderes Zugtier zu kaufen. Sonst werden wir dafür sorgen, daß Sie im Gefängnis landen!" Er sah nachdenklich die unbeweglich im Transporter stehende Ghazalia an. Dann setzte er sich wortlos hinters Steuer.

Als Sandra die Laderampe hochgeklappt, verschlossen und im Wagen neben Fox Platz genommen hatte, sagte der Jockey bedenklich: „Ich weiß nicht, Sandra, ich glaube nicht, daß das klug war von uns. Das Pferd wird sterben. Es wäre besser, wir würden es gleich erlösen. Aus ihr hätte etwas werden können. Aber es ist zu spät. Wirklich schade!"

Mit funkelnden Augen entgegnete das Mädchen: „Sie wird nicht sterben, Will. Die Menschen, die aus diesem schönen, wilden Tier ein Wrack gemacht haben, sind Verbrecher. Sie haben Ghazalias Kraft gebrochen, aber nicht ihren Willen. Ich werde alles für sie tun. Mit viel Liebe und Zuwendung, guter Pflege und ärztlicher Versorgung wird sie sich erholen. Ich werde immer bei ihr sein. Sie hat mich erkannt, hast du es gemerkt? Sie wird leben, Fox, wieder frei und schnell über unsere Koppeln fliegen, und das alte Feuer wird wieder in ihr stark werden. Glaube mir, ich bin ganz sicher!"

Fox sah zwar starr geradeaus, auf die vorbeihuschenden, gelben Linien der Straße, aber als Sandra ihn von der Seite ansah, sah sie, daß er lächelte.

Am Abend wurde die Schwüle des Tages durch zukkende Blitze, von lautem Donner und endlich von prasselndem Regen abgelöst. Auf der fast leeren Autobahn fuhr ein Wagen mit einem Pferdehänger seinem Ziel zu, dem Gestüt Legrand.

Sandra war nach der Fahrt mit Ghazalia endlich müde, aber glücklich aus dem Auto gesprungen, als sie auf dem Hof des Gestüts anhielten. Es roch nach feuchter Erde, und die satten, grünen Weiden glitzerten vom vorangegangenen Regen.

Die graue Stute sog tief die frische, klare Luft in ihre Nüstern, als Sandra die Rampe öffnete. Steifbeinig, aber mit erhobenem Kopf stakste Ghazalia hinaus. Sie blickte sich um, als wollte sie ihre neue Heimat ganz genau betrachten.

Sandra trat zum Tor einer der umliegenden Koppeln und öffnete es, worauf Ghazalia ohne Zögern langsam bis zur Mitte der Weide ging, um dann stehenzubleiben und sich umzudrehen. Das magere Pferd war ein Bild des Jammers, aber seine Augen glänzten, als es schnaubend den Boden scharrte. Dann ging die junge

Stute zum Zaun, und ihr Wiehern klang tonlos, matt und heiser, als sie zu traben und schließlich unbeholfen zu galoppieren begann. Ihre Bewegungen waren eckig und steif, aber sie lief.

Sandra flüsterte, mehr zu sich selbst als zu dem staunenden William Fox an ihrer Seite: „Ich wußte es. Sie will leben!"

Dann kam das Pferd ganz nahe an das Mädchen heran und berührte mit den Nüstern sanft ihr schwarzes Haar. Sandra spürte den warmen Atem und streckte die Hand aus, um den eingefallenen Hals zu streicheln. Widerstandslos ließ sich Ghazalia dann in den Stall führen, damit ihren Wunden behandelt wurden. Als sie später wieder auf die Koppel gebracht wurde, begann sie ruhig zu grasen.

Ghazalia lebte auf. Sie erholte sich sichtlich bei Sandras liebevoller Pflege. Ihr Fell glänzte bald wieder wie Seide, ihre Hufe waren hart und kurz, ihr Schweif und ihre Mähne wuchsen dicht nach. Oft lief sie mit dem Wind um die Wette, denn alle anderen Pferde, die auf dem Gestüt lebten, konnten mit ihr nicht Schritt halten.

Für William Fox war der Anblick der Stute wie ein Wunder. Es waren erst zwei Monate seit ihrer Ankunft auf dem Gestüt vergangen. Aber nicht nur Sandras aufopfernde Pflege, sondern auch die Zähigkeit eines Wüstenarabers hatten dieses Wunder vollbracht. Wie ein silbergraues Phantom war Ghazalia anzusehen, wenn sie mit flatternder Mähne und wehendem Schweif über die weiten Koppeln des Gestüts jagte.

Sandra stand oft stundenlang am Zaun, aber in ihren Augen waren keine Tränen mehr, wie so oft am Anfang, wenn sie den ausgemergelten Pferdekörper gesehen hatte. Die Augen des Mädchens waren jetzt froh, die Freude über ihr schönes, schnelles Pferd stand ihr im Gesicht.

Ghazalia war auch wieder übermütig geworden. Sie zwickte und puffte die Menschen, die sich ihr näherten. Aber es waren keine ernstgemeinten Angriffe, sondern nur kleine Warnungen. Fox drohte manchmal lachend: „Warte nur, undankbares Tier, du wirst verkauft, wenn du dich nicht besser benimmst!"

Vater Legrand hingegen fragte seine Tochter dann neugierig: „Wann willst du mit deinem Wunderpferd zu trainieren beginnen? Sie ist jetzt gesättigt, kräftiger, voll Energie und Kraft!"

„Warte ab, Papa, am ersten September reite ich mit Will um die Wette. Dann wirst du sehen, daß Ghazalia das schnellste Pferd des Gestüts ist!"

Sandra hatte einen leichten, schwarzen Sattel und weiches schwarzes Zaumzeug für ihr Pferd gekauft. Sie sattelte Ghazalia auf. „So, meine Schöne, ich möchte doch sehen, ob du noch so schnell bist wie früher. Komm nur!" Nach einem leichten Galopp über die Wiesen des Gestüts hielt sie neben der Trainingsbahn, auf der William Fox den Rappen Happy End trainierte. Sandra stieg ab und sagte zu dem kleinen Mann: „Will, ich denke, es wird mir gelingen, der Welt zu beweisen, daß meine Ghazalia eines der schnellsten Pferde des Landes ist. Du wirst sehen! Sie ist schnell, und sie will laufen. Sie liebt die Geschwindigkeit!"

Fox wiegte den Kopf. Skeptisch sagte er: „Sie ist schnell, das stimmt. Aber in einem Rennen? Zeig mir, daß sie schneller ist als Happy, dann reden wir weiter!"

Happy End war ein großer russischer Vollblutrappe. Er war fünf Jahre alt und hatte von achtzehn Rennen, die er bis jetzt gelaufen war, vierzehn gewonnen. Er war das schnellste Pferd im Stall der Legrands.

Der Tag des Privatrennens kam, und die Angestellten des Gestüts standen am Zaun der Trainingsbahn, als Fox Happy End heranführte. Ruhig und gelassen stand der Rappe da, während Sandra Mühe hatte, die unruhige Stute unter Kontrolle zu halten. Dann gab Sandras Vater das Zeichen zum Start. Beide Pferde schossen vorwärts und liefen von Anfang an mit großer Geschwindigkeit. Fox verlangte dem schwarzen Vollblüter alles ab. Sandra tat kaum etwas. Sie lag tief über Ghazalias Hals gebeugt und überließ alles ihrem Pferd. Sie wollte wissen, ob die Stute nicht nur schnell laufen konnte, sondern auch gewinnen wollte. Die beiden Pferde zogen Kopf an Kopf ihre Runden im Trainingsoval, keiner der Reiter wollte aufgeben. Flockiger Schaum stand vor dem Maul der Stute, als Happy End plötzlich um Längen zurückfiel.

Sandra parierte ihr Pferd zum Schritt durch. Dann sprang sie ab. Sie war außer Atem. „Habt ihr gesehen, daß ich recht hatte? Sie ist ebenso schnell wie unser schnellstes Pferd, aber ausdauernder. Und dabei kommt sie frisch von der Weide. Stellt euch dieses Pferd vor, wenn es erst einmal im Training steht!"

„Bravo, eine Spitzenleistung!" erklärte Vater Legrand.

Fox sagte gar nichts. Er sah Sandra an und nickte.

Am Ausgang der Trainingsbahn stand Sandras langjähriger Freund, Roman Hellweg. Er war Maschinenbau-Ingenieur und mit der Überwachung und Betreuung von Anlagen beschäftigt, die bei der Gewinnung von Rohöl gebraucht werden. Daher war er viel auf Reisen und kam, wie Sandra fand, viel zu selten zu Besuch auf das Gestüt. Er verstand nicht viel von Pferden und vom Reitsport, aber er verstand Sandras Pferdeleidenschaft. Er mochte Tiere. Jetzt freute er sich über Sandras kleinen, privaten Sieg und umarmte sie.

Die hellgraue Stute hinter den beiden schnaubte und stampfte nervös den Boden, als wäre sie beunruhigt über den großen, blonden Mann, mit dem sie Sandras Liebe teilen mußte.

Drei Siege

Nach diesem Tag stand für Sandra fest, daß sie Ghazalia trainieren und so bald wie möglich in einem Rennen starten lassen würde. Nicht um Geld zu verdienen, sondern um allen zu zeigen, daß sie Grund hatte, auf ein arabisches Vollblut stolz zu sein; daß so ein Pferd etwas leisten kann, viel mehr, als manche Pferdekenner glauben. Und sie wollte allen zeigen, was für ein wunderbares Pferd Ghazalia war.

Wieder zogen am Morgen bereits Herbstnebel über das Land, und die Sonne wärmte nur noch um die Mittagszeit, als Ghazalia das zweite Mal in ihrem Leben an einem Rennplatz über die Rampe eines Anhängers geführt wurde.

Sandra hatte sie drei Wochen hart trainiert, um sie schließlich eigenhändig in den Frachtraum eines Flugzeugs zu führen und ihre Versorgung zu überwachen.

Happy End und Fox flogen ebenfalls mit, und der kleine Engländer freute sich schon darauf, seine Heimat wiederzusehen. Wenn Happy End mit seiner Ruhe und Gelassenheit nicht neben ihr gewesen wäre, hätte Ghazalia wohl ernste Schwierigkeiten gehabt, mit dem Lärm und der turbulenten Atmosphäre des großen Rennplatzes von Ascot fertigzuwerden. Aber die Ruhe des gewohnten Stallgefährten hatte auch auf die silbergraue Stute eine besänftigende Wirkung.

Ascot! Viele fanden es vermessen, daß Sandra mit ihrem Pferd an diesem Rennen teilnehmen wollte. Aber Ghazalia hatte so erstaunliche Trainingszeiten gehabt, daß sie in Ascot zugelassen worden war.

Sandra überwachte persönlich mit blassem Gesicht jeden Schritt ihres Pferdes. Beinahe verließ sie der Mut, als sie Ghazalia in die ihr zugewiesene Box brachte und dabei Pferde sah, die alle schon mindestens einmal im Rennsport Schlagzeilen gemacht hatten.

Als sie noch einmal leise und beruhigend mit Ghazalia gesprochen, sie gestreichelt hatte und dann die Boxtür hinter ihrer nervösen, feingliedrigen, kleinen Stute schloß, bereute sie fast den Entschluß, hierhergekommen zu sein.

Fox, der Happy End bereits in die Nebenbox gebracht hatte, sah Sandras angespanntes blasses Gesicht. Er klopfte ihr auf die Schulter und sagte tröstend: „He, du, nur nicht schlappmachen vor soviel Prominenz. Ich hatte diese Art von Lampenfieber früher auch immer. Aber wenn man das ein paarmal mitgemacht hat, vergeht es. Wir haben noch einen ganzen Tag Zeit, um uns auf das morgige Rennen vorzubereiten. Ich schlage vor, wir gehen am Nachmittag auf die Trainingsbahn und lassen unsere beiden nebeneinander laufen. Kopf an Kopf; aber nicht mit letzter Geschwindigkeit. Sie wollen dann nach vorn, aber keiner darf den anderen überholen. Du weißt ja nun Bescheid. Ich glaube, wir haben das ausgiebig trainiert. Im Rennen haben sie dann so einen unbändigen Drang, alle anderen Pferde hinter sich zu lassen, daß sie es, vorausgesetzt, sie sind schnell genug, schaffen können. Ich reite schon lange so, wie du weißt."

In der Nacht vor dem Rennen schlief Sandra tief und fest; obwohl sie geglaubt hatte, sie würde kein Auge zumachen können. Die Hektik, wie sie der Morgen eines Renntages mit sich bringt, ließ sie allerdings wieder sehr nervös werden.

Ghazalia spürte Sandras Angst. Das und die unruhige Atmosphäre des Rennplatzes machten die graue Stute ratlos und nervös. Die Zeit bis zum Aufgalopp wollte nicht vergehen, und das Wiegen der Jockeys und Sättel schien Stunden zu dauern. Die Satteltaschen der berühmtesten Pferde wurden vollgepackt mit Blei; und Happy End bekam aufgrund seiner Siege einiges zu schleppen. Ghazalia als Neuling dagegen würde nur Sandras Gewicht tragen.

Endlich! Der Aufgalopp begann. Ghazalia wollte sofort losstürmen, und Sandra mußte all ihre Kraft einsetzen, um sie zurückzuhalten. Mit hocherhobenem Kopf und bebenden Nüstern tänzelte die kleine Araberstute in der Startbox, und in der Menge wurde über die Außenseiterin geredet. Die knatternde Lautsprecherstimme informierte das Publikum über die Vorgänge am Start. Da flogen auch schon die Klappen auf, und Ghazalia schoß vorwärts. Sie lief ganz außen, da das Los diese ungünstige Position für sie entschieden hatte. Durch das verzweifelte Bemühen Sandras, nach innen zu gelangen, lief Ghazalia schließlich hilflos eingeklemmt zwischen Pferdeleibern in der dichten Feldmitte, während Happy End und Prince Ippi, einer der Favoriten, bereits um die Führung kämpften.

Nach eineinhalb Runden vergeblichen Drängens rief Sandra ihrer Stute zu: „Komm, Ghazalia, komm! So schaffen wir es nie! Nach außen! Du kannst schnell genug sein, ich weiß es!" Sie lenkte die Stute wieder auf die Außenseite der Bahn und mußte in Kauf nehmen, daß zahlreiche Pferde während dieses Manövers an ihnen vorbeizogen.

Die Lautsprecherstimme informierte das Publikum über den Bahnwechsel und das damit verbundene Zurückfallen der Nummer elf und über die Führung des Feldes, um die Happy End hart zu kämpfen schien.

Sandra hörte weder den Lautsprecher, noch nahm sie die vorbeifliegenden Tribünen wahr, sie ließ die Zügel lang und rief der grauen Stute zu: „Jetzt lauf! Lauf! Nein, flieg!"

Das Blut rauschte in den Ohren des Pferdes, seine Hufe verschlangen die Meter der Bahn, sie schienen den Boden nicht mehr zu berühren. Die Umgebung verschwamm vor Sandras Augen, tief über den Hals des Pferdes gebeugt, verließ sie sich nur noch auf seine

Schnelligkeit und Sicherheit. Zu Ghazalias Entlastung stellte sie sich in die Bügel.

Aus der sonst so unpersönlichen Blechstimme des Lautsprechers war etwas wie Aufregung herauszuhören, als sie bekanntgab, daß Nummer elf, das graue, unbekannte Pferd, begonnen hatte, das gesamte Feld zu überholen.

Ghazalia jagte hinter Happy End her und zog an ihm vorbei. Jetzt lag der Rappe an dritter Stelle. Donnernd gaoppierten die drei Pferde in die Zielgerade, während das restliche Feld beinahe geschlossen knapp hinter ihnen lief. Die Stute begann dem dunkelbraunen Prince Ippi den ihm sicher scheinenden Sieg streitig zu machen. Als sie sich während der letzten Meter wie ein grauer Nebel an dem Hengst vorbeischob, wurde die Lautsprecheransage übertönt von dem Lärm des wild durcheinanderrufenden, zu den Wettschaltern eilenden Publikums.

Nur langsam begriff Sandra: Das Rennen war vorbei. Ihre Stimme drang an Ghazalias Ohr: „Ho, Mädchen, es ist ja gut, du hast es geschafft!" Sie klopfte ihrem Pferd den Hals, ritt, Ghazalia beruhigend, zum Abreiteplatz. Sandra wurde von Menschen umringt, Reporter fotografierten, und Ghazalia schnappte nach dem Mann, der ihr den Siegerkranz umhängen wollte. Sandra lachte, das sah ihrem Pferd ähnlich. Sie wurde bedrängt, bestürmt, Fragen und Glückwünsche prasselten auf sie herab. Sie murmelte: „Entschuldigen Sie, mein Pferd..."

Sie hatte bemerkt, daß die Beine der Stute zitterten, daß rosa Schaum vor ihren Nüstern stand, Ghazalia war erschöpft. Sandra sah, daß die Stute die Pfleger, die sie absatteln und ihr eine Decke überlegen wollten, nicht an sich heranließ. Sie sah die Erschöpfung in Ghazalias aufgerissenen Augen und legte ihre Hand an das nasse Pferdegesicht. Leise sprach sie zu der Stute. Dann versorgte sie sie selbst und vergaß beinahe den Sieg. Erst als Ghazalia endlich trocken und ruhig vor der gefüllten Futterkrippe stand, verließ das Mädchen die Box und begann den Sieg zu genießen.

Bereits am Abend wurden die Legrand-Pferde verladen und traten mit ihren zufriedenen Jockeys den Heimflug an. Es war dunkel; die kühle, frische Luft trug den Geruch herbstlicher Wiesen an die Nüstern der Pferde, als sie ihre heimatlichen Boxen betraten.

Der Herbst verging, und Ghazalia stürmte, beim Fellwechsel schon fast ganz weiß geworden, über Legrands weite Koppeln, die stellenweise mit raschelndem Laub bedeckt waren.

Vor Weihnachten beschlossen Sandra und Roman Hellweg, zu heiraten. Es schien, als wäre Ghazalia eifersüchtig auf den Mann, dem Sandra nun mehr Aufmerksamkeit schenkte. Er hatte Urlaub, und beide wollten so oft wie möglich zusammensein. Kam Sandra in den Stall, um ihr Pferd zu liebkosen und zu versorgen, benahm sich die Stute abweisend und schien verstört.

Sandra war dann besonders zärtlich zu Ghazalia und nahm sich besonders viel Zeit. Sie wußte, daß das Tier an ihr hing und viel Zuwendung brauchte. Sie lachte über Ghazalias anklagenden Blick und sagte liebevoll: „Meine geliebte Kratzbürste! Warte nur, bis Romans Urlaub vorbei ist. Dann habe ich wieder mehr Zeit für dich. Dann werde ich mich so viel um dich kümmern, daß du froh sein wirst, wenn ich abends den Stall verlasse!"

Nach Weihnachten, im Januar, begann für Sandra wieder das Alltagsleben. Die Landschaft war in Schnee gebettet, und wenn die weiße Pracht in der Sonne funkelte, unternahmen Sandra und ihre Stute weite Ausritte. Wegen des langen, dichten Winterfells hatte Ghazalia gewisse Ähnlichkeit mit einem Islandpony, wenn sie zielstrebig über die tiefverschneiten Wiesen stapfte.

Aber eines Tages begann es zu tauen, die Sonne wärmte wieder, und die Stute verlor ihren dicken Winterpelz in großen Büscheln. Die Mähne bis tief über den Hals hängend und den Schweif wie ein Banner wehend, war sie wunderschön, wenn sie übermütig über das neue, zarte Grün auf den Koppeln tobte.

Doch so fröhlich der Frühling die Menschen und Pferde auf dem Gestüt stimmte, auf Sandra schien er keine Wirkung zu haben. Ihr Mann hatte kurz vor Ostern die Nachricht erhalten, er müsse beruflich nach Serir in Nordafrika reisen, da sich dort eine Erdölförderungsstation in technischen Schwierigkeiten befand. Die Arbeiter benötigten das Wissen eines ausgebildeten und erfahrenen Ingenieurs. Jeder nutzlos verstrichene Tag, an dem nicht gefördert werden konnte, kostete die Ölfirma viel Geld, und Roman Hellweg mußte so schnell wie möglich abreisen.

Sandra unternahm mit ihrer Stute lange Ausritte über die großen Weiden der Umgebung. Die weit voneinander entfernt liegenden, einsamen Gehöfte schienen unberührt von Lärm und Hektik. Moor- und Heidegebiete wechselten mit Wäldern, Vogelrufe und das Rauschen des Windes waren oft die einzigen Geräusche. Erst wenn sich Pferd und Reiterin dem Gestüt wieder zu nähern begannen, drangen Wiehern und Traktorengeknatter an ihre Ohren.

Es war ein schönes Gebiet, in dem Ghazalia jetzt lebte, doch wurde sie trotzdem oft von einer unerklärlichen Unruhe befallen, die sie rastlos über die Koppeln galoppieren, an den Zügeln zerren und schrill wiehern ließ. War es der Südwind, der in der Araberstute Sehnsüchte weckte? Wenn Sandra die Stute ritt, ging die Unruhe des Pferdes auf das Mädchen über. Sie gab die Zügel frei, beugte sich über den Pferdehals, und beide, das Pferd und das Mädchen, gaben sich dem Geschwindigkeitsrausch hin, der sie am Ende eines rasenden Laufs schließlich ruhiger werden ließ.

Als Ghazalia im Frühlingswind wieder einmal mit hoch erhobenem Kopf, flatternder Mähne und blitzenden Augen über die Koppel stürmte, betrachtete Sandra ihr Pferd und sagte zu Ghazalia, als sie die Stute nach dem Ritt versorgte: „Ich glaube, wir brauchen beide eine Aufgabe. Nichts tun ist nichts für uns. Wir werden wieder anfangen, zu trainieren. Im Mai ist ein Rennen in Baden-Baden. Unsere Bruni startet auch. Wir sollten es wenigstens versuchen. Gewinnst du auch dieses Mal, würde uns noch ein Rennen fehlen, um eine Araberstute als schnellstes Pferd ihrer Zeit erklären zu lassen. Es ist der *Grand Prix de l' Arc de Triomphe* in Paris."

Fortan sah man Ghazalia und Sandra jeden Tag auf der Trainingsbahn. Aber die Stute schien nicht bereit, ihr Bestes zu geben. Sie hatte weder Interesse am Laufen noch am Überrunden ihres jeweiligen Trainingspartners. Sie wollte die Trainingsbahn bald nicht einmal mehr betreten, und es gab jeden Tag richtige Machtkämpfe zwischen Sandra und dem Pferd. Lief Ghazalia dann endlich los, bockte sie und benahm sich so, daß selbst das langsamste Pferd des Gestüts mühelos an ihr vorbeiziehen konnte. War die Stute aber mit Sandra im Gelände, jagte sie davon, im alten Tempo und mit der alten Freude am Rennen. Sandra war ratlos. Ihr Mann weit fort, ihr Pferd eigensinnig und unverständlich in seinen Reaktionen. Was wollte Ghazalia?

Fox spottete manchmal gutmütig über die von Sandra glühend verteidigte Pferderasse. Bemerkungen wie: „Man wird schon wissen, warum man Araber als reine

Freizeitpferde bezeichnet", waren nicht dazu angetan, Sandras Zuversicht in bezug auf Ghazalias Rennsiege zu bestärken. „Sie sind einfach zu eigenwillig, um zu etwas anderem zu taugen, und seien sie auch noch so talentiert. Ascot ist zwar unvergeßlich, wird aber wohl auch euer erster und letzter Sieg gewesen sein."

Solche und andere Reden trugen dazu bei, daß Sandra eines Tages mit ihrem Pferd die Trainingsbahn verließ und es in den Stall brachte. Nachdem sie Ghazalia abgesattelt hatte, betrachtete sie nachdenklich die schöne Stute, die sie mit ihren großen, intelligenten Augen ansah.

Sandra streichelte Ghazalia und sagte leise: „Du Hexe, ich weiß, was in dir vorgeht. Aber ich will es der Welt so gern beweisen, daß du das schnellste Pferd bist, das wir haben. Wenn du nur verstehen würdest, was ich will. Ich möchte mit dir durch die bekanntesten Ziellinien der Welt reiten. Ziellinien, die allen ein Begriff sind. Danach, das verspreche ich dir, wird es nur noch Spaß und Lebensfreude für uns geben. Ich werde mit dir unbeschwert durch die Gegend streifen, und du sollst den ganzen Tag tun können, was du willst; obwohl ich nicht glauben kann, daß das einem Pferd genügt, das so intelligent ist wie du!"

Sandra begann verträumt mit Ghazalias Stirnlocke zu spielen. Leise sprach sie weiter zu ihrem Pferd. „Bitte lauf nur noch diese beiden Male! Danach verlange ich nie wieder etwas von dir!" Die Stute sah sie an, und

Sandra wußte: Ghazalia hatte sie verstanden. Sie war überzeugt, daß ihr Pferd sie immer verstand. Lange stand sie noch in der geräumigen Box der Stute.

Am nächsten Morgen, eine Woche vor dem Start in Baden-Baden, hatte Sandra mit Ghazalia kaum das Trainingsoval betreten und war aufgesessen, als diese an den Zügeln riß und vorwärts stürmte. Runde um Runde jagte die Stute dahin, und keinem der Legrand-Vollblüter gelang es, sie einzuholen.

Schließlich, als sie hielten, wurde Sandra von allen mit Fragen bestürmt. Ihr Vater, Fox und andere Angestellte des Gestüts wollten wissen, wie eine solche Veränderung bei der eigenwilligen Stute zu erklären war. Sandra konnte nur verwirrt, aber glücklich lachend erwidern: „Ich weiß es nicht, ich weiß es wirklich nicht. Sie versteht mich eben. Ich bin gestern lange bei ihr in der Box gewesen. Gedankenaustausch zwischen mir und Ghazalia ist wirklich möglich. Araberpferde sind echte Freunde und Vertraute der Beduinen. Die Männer kennen ihre Gedanken und Gefühle!"

Fox schüttelte den Kopf, und Sandras Vater schlug dem kleinen Mann auf die Schulter, daß der schwankte. „Ist sie nicht ein Teufelsmädchen, Fox? Ich glaube, Sandra ist mehr Pferd als Mensch! Das war bei ihr schon als Kind so. Stundenlang war sie bei den Pferden, sprach mit ihnen und beschäftigte sich mit ihnen. So eine besondere Verbindung wie zu Ghazalia hat es allerdings mit keinem anderen Pferd gegeben!"

Nachdenklich sahen die beiden Männer, die selbst große Pferdefreunde waren, Sandra nach, wie sie ihre Stute trockenführte.

Eine Woche war sehr wenig, um Ghazalia zu trainieren. Aber die weiße Stute war in Höchstform. Ihr Wille zu siegen, alle anderen Pferde hinter sich zu lassen, war stärker als alles andere.

In Baden-Baden herrschte der übliche Rummel vor einem Rennen. Am Wettschalter wurde über den neuen Favoriten geredet. Fox startete mit Bruni, einer wunderschönen, sanften Rotfuchs-Stute.

Der große Tag war warm und sonnig. Das Rennen war für den späten Nachmittag angesetzt worden, so daß Reiter und Pferde ausreichend Zeit hatten, sich vorzubereiten. Mittags führte Sandra ihre Stute etwas herum, um ihr die neue Umgebung zu zeigen. Ghazalia war vom Rennfieber gepackt; sie war nervös, aber nicht ängstlich. Neugierig trippelte sie neben Sandra. Ihre Schönheit erregte überall Aufsehen. Man begann in den Programmen zu blättern und erinnerte sich bei ihrem Namen an Ascot. Viele Wetten wurden diesmal auf Ghazalia abgeschlossen, sie zählte bereits zu den Favoriten.

Ihr großer Gegner heute war Starfighter, ein mächtiger Schimmelhengst, der in diesem Jahr in Ascot gesiegt hatte, wo das Sommerrennen bereits im April stattgefunden hatte. Ghazalia, die während des Fellwechsels im Frühjahr nun fast ganz weiß geworden war, erschien neben Starfighter zart und zerbrechlich.

Die Startverlosung teilte den beiden Schimmeln in diesem Rennen die Nummern eins und zwei an der Innenseite der Bahn zu. Während des Aufgalopps überfiel die weiße Stute plötzlich Angst vor dem Rennen. Sie versuchte umzukehren, auszubrechen und wieherte schrill. Ein Raunen ging durch die Zuschauermenge. Auch der Lautsprecher vermerkte diesen Zwischenfall. Als Sandra ihr Pferd wieder unter Kontrolle hatte, stand Starfighter bereits in der Startbox.

Die letzten Augenblicke vor dem Start herrschte Totenstille. Max Feldmann, Starfighters Jockey, maß Sandra und ihre weiße Stute mit abschätzenden Blicken. Dann sagte er schulterzuckend: „Sie mag recht schnell sein, aber sie ist einfach zu klein!"

Da flogen auch schon die Klappen auf. Mit gewaltigen Sprüngen setzte sich Ghazalia zugleich mit Starfighter an die Spitze. Das Finish schien bereits am Start zu beginnen. Lange liefen beide verbissen Kopf an Kopf. Das restliche Feld, lauter Spitzenpferde mit bekannten Jokkeys – lief beinahe geschlossen hinter ihnen. Der Kampf zwischen den beiden weißen Pferden dauerte an, es schien keinen Sieger und keinen Verlierer zu geben. Sie jagten nebeneinander her, bis sie in die Zielgerade einbogen. Da bemerkte Sandra aus den Augenwinkeln, daß Feldmann mit der Gerte zu arbeiten begann. Das konnte nur mit Starfighters beginnenden Schwierigkeiten zu tun haben, das mörderische Tempo zu halten.

Ghazalia lief wie eine Maschine, ihre Ausdauer schien unbegrenzt, es war, als könnte sie noch stundenlang so weiterlaufen. Der Blick des Pferdes war starr nach vorn gerichtet, die Ohren flach angelegt, und Sandra spürte, daß Ghazalia kein anderes Pferd an sich vorbeiziehen lassen würde, wenn sie es nicht wollte. Auch wenn sie nicht schneller sein konnte als ihr Gegner, so würde sie am Ende doch durch ihre Ausdauer siegen.

Starfighter gab auf, er fiel unaufhörlich Zentimeter um Zentimeter zurück. Er war ein harter Gegner und verbissener Kämpfer, aber er besaß nicht die Zähigkeit eines Wüstenpferdes. Ghazalia schob sich an ihm vorbei und schoß über die Ziellinie.

Wie aus weiter Ferne drang die Lautsprecherstimme an Sandras Ohr und informierte über einen der spannendsten Endkämpfe, die die Rennwelt je erlebt hatte. Es schien, als könne die kleine Stute immer dann noch ein klein wenig schneller werden, wenn bereits alle dachten, mehr sei nicht mehr möglich.

Ascot und Baden-Baden – wer diese beiden Rennen gewonnen und somit über die Schnellsten gesiegt hatte, zog die Aufmerksamkeit in der Welt des Rennsports auf sich. Auch das zweite Legrand-Pferd, die sanfte Bruni, konnte sich an dritter Stelle plazieren und war ein ausgezeichnetes Rennen gelaufen.

Sandra wurde von Reportern umringt. Vor allem wollte man von ihren Zukunftsplänen hören. Später, als ihr der Siegespokal überreicht wurde, sagte sie, noch völlig unter dem Eindruck des Sieges: „Ich werde Ghazalia im nächsten Herbst beim *Grand Prix de l' Arc de Triomphe* starten lassen, und danach ist Schluß. Sie ist bereits sechs Jahre alt, vergessen Sie das nicht!"

Bei diesen Worten streichelte sie Ghazalia und hielt sie liebevoll am Kinn. Die Stute schien sie zu verstehen. Schnaubend rieb sie den Kopf an der Schulter ihrer Reiterin und Freundin.

Sandra wurde mit Kaufangeboten überhäuft, die sie alle entschieden ablehnte. Sie würde sich niemals mehr von der kleinen, tapferen Stute trennen, und sie wußte, daß Ghazalia keinen anderen Menschen mehr als Freund annehmen würde. Ohne diesen Freund, der sie liebte und ihr Wesen verstand, würde Ghazalia nicht leben können.

Sandra nahm die Zügel und führte ihr Pferd in den Stall, um die erschöpfte Stute selbst zu versorgen, so wie sie es fast immer tat.

Wieder auf dem Gestüt, wurde Sandra von ihrem Vater umarmt. Charles Legrand war stolz auf seine Tochter. Am Abend nach der Rückkehr sagte er: „Du könntest nach meinem Tod einmal unser Gestüt leiten, Kind. Du hast mehr Pferdeverstand als ich selbst, mein Vater und mein Großvater, die alle schon Rennpferde gezüchtet haben. Wenn ich könnte, würde ich auch deine Wunderstute umarmen, aber sie läßt ja außer dir niemanden an sich heran. Wir sollten sie später einmal dem besten Hengst zuführen, den wir finden können. Dann wird das Gestüt einst die besten und schnellsten Pferde der Welt haben..., wenn Ghazalias Fohlen so werden wie sie."

Sandra erwiderte lachend: „Glaube nicht, daß mein Pferd mit jedem Hengst zufrieden sein wird. Der Vater ihrer Fohlen muß schon etwas Besonderes sein!" Sie ahnte nicht, wie sehr dieser Scherz wahr werden sollte.

Sandra und Ghazalia trainierten weiter für das letzte der drei großen Rennen: den *Grand Prix de l' Arc de Triomphe*. Er war für September angesagt; und so hatten die beiden den ganzen Sommer Zeit, um immer besser zu werden. Sandra trainierte ihr Pferd daher auch nicht besonders hart.

In den heißen Monaten Juli und August ritten das Mädchen und ihr Pferd fast jeden Tag zu einem nahegelegenen Waldsee und schwammen dort gemeinsam. Wenn Sandra noch im Wasser blieb, graste die schöne weiße Stute friedlich am Ufer; die Sommersonne versilberte das seidige weiße Fell. Wenn es kühler wurde und der Abendwind Wellen ins hohe Gras zauberte, jagten sie heim, übermütig wie zwei gute Freunde. Später würde Sandra einmal wissen, daß dies die schönsten Stunden in ihrem Leben waren – diese Zeit mit Ghazalia.

Aber der Herbst kam, die Hitze des Sommers verging. Die heiße Julisonne wurde von herbstlichen Dunstschleiern verhangen. Es war September geworden.

Sandra begann nun ernsthaft mit ihrer Stute zu trainieren, und es schien, als wäre Ghazalia schneller als je zuvor. Sie war jetzt sechs Jahre und damit schon recht alt für ein Rennpferd; aber immer noch lief sie allen englischen Vollblütern des Gestüts davon.

William Fox hatte während des Sommers an mehreren Rennen teilgenommen, und einige Pferde hatten auch gewonnen. Jedoch war keines der feinnervigen, schönen Tiere auf der Trainingsbahn schneller gewesen als Ghazalia.

Am Abend vor der Abreise nach Paris standen Fox und Sandra nebeneinander im Stall und sahen den beiden Pferden, die starten würden, beim Fressen zu. Sie würden bereits einige Tage vor dem Rennen in Paris sein, um die beiden nervösen Stuten besser an die neue Umgebung zu gewöhnen.

Am nächsten Morgen galt es, Ghazalia und Violet, eine Rappstute, die Fox reiten sollte, sicher im Transporter unterzubringen. Ein Flug wäre zwar schneller gewesen, aber Sandra und Fox wußten: Viele Pferde überstehen die Fahrt im Transporter besser als den Flug.

Sie kamen am Abend an, das Rennplatzgelände lag bereits ruhig in der Dämmerung da. Nachdem die Formalitäten erledigt waren, brachten sie die beiden Stuten in nebeneinanderliegende Gästeboxen. Sandra fütterte Ghazalia sorgsam und betrachtete anschließend bei einem Rundgang die anderen Pferde.

Die Favoriten dieses Rennens sollten ein Fuchs sein,

Sir Hendrik, ein Ascot-Sieger, sowie ein französischer Hengst, Un Kopeck. Der Franzose war ein zierlicher Hengst, ein schönes, dunkelbraunes Tier, während der englische Wallach hoch und knochig gebaut war. Die Kleinste von allen war jedoch wieder einmal Ghazalia, die zwar für eine Araberstute groß war, neben den englischen Vollblütern aber besonders zierlich erschien. Ghazalia war in Topform und von seltsamer Ruhe, man hätte meinen können, daß sie wußte: Sie würde laufen und siegen.

Sandra bekam beim Anblick der anderen erstklassigen Pferde wie immer Lampenfieber – und zwar lange vor dem Start. Pferdebesitzer und Jockeys befanden sich in heller Aufregung. Seit Wochen war Ghazalia das interessanteste Pferd in allen Rennzeitungen. Fox versuchte Sandra abzulenken, aber sie blieb zerstreut und unruhig.

Schließlich redete William Fox der jungen Frau ins Gewissen. „Du weißt, wie abhängig dein Pferd von dir ist. Zwing dich zur Ruhe! Konzentriere dich nur auf dein Pferd und auf dich selbst. Ihr habt hart trainiert. Es muß einfach gutgehen!"

Die Zeit vor dem Rennen verbrachten Sandra und Fox ähnlich wie in Ascot. Sie ließen Ghazalia und Violet nebeneinander auf der Trainingsbahn laufen, gerade so schnell, daß sie einander nicht überholen konnten, obwohl jede von ihnen es versuchte. Violet war eine entschlossene Kämpferin, wenn es galt, zu siegen. Generationen von Siegerpferden waren ihre Vorfahren. Ghazalia konnte es ebensowenig leiden, wenn sie ihre Schnelligkeit nicht beweisen durfte, sondern – wie im Training – gebremst wurde. Beim Trockenführen schnappte Violet nach Ghazalia.

„So, Mädchen, ich hoffe, ihr seid trainiert genug, um es morgen mit jedem anderen hier aufzunehmen!" sagte Sandra endlich. Sie brachten die beiden Stuten in den Stall und versorgten sie besonders sorgfältig und liebevoll.

Fox musterte noch einmal nachdenklich die beiden aus den Boxtüren emporragenden edlen Pferdeköpfe. Er hielt viel von Violet, seiner schwarzen Hexe, wie er sie zärtlich nannte. Seine größte Konkurrenz sah der Jockey in Ghazalia, was er aber in Sandras Gegenwart niemals zugegeben hätte.

Der Sonntag war grau und trübe. Im Laufe des Vormittags begann es zu regnen, so daß sich der gepflegte Rasen der Rennbahn bald in eine braune Pfütze zu verwandeln begann. Die Jockeys fürchteten solche Bahnen, da sie nach der ersten gelaufenen Runde von den Pferdehufen in Morast verwandelt wurden und das ganze Rennen in eine einzige Schlammschlacht ausartete.

Sandra wurde immer nervöser, sie fürchtete, Ghazalias feingliedrige Beine könnten so einem „schweren" Boden nicht gewachsen sein. Am frühen Nachmittag, als das Rennen begann, regnete es nur noch leicht, aber bereits beim Aufgalopp bemerkte Sandra, daß die Schultern ihrer Stute schwer und mühsam arbeiteten. Als die Klappen hochflogen – Sandras Startposition war in der Mitte – führte Ghazalia von Anfang an das Feld mit halsbrecherischem Tempo. Im letzten Teil des Rennens lag sie um Längen vorn. Das Publikum stand auf, begann zu toben, und die bekannte, blecherne Lautsprecherstimme verkündete: „Wieder ein Sieg, ein klarer Sieg! Die Stute läuft nicht mehr, meine Damen und Herren, ich bin sicher, sie fliegt! Hinter ihr liegt Violet, ebenfalls aus dem Gestüt Legrand, sie scheint Schwierigkeiten zu haben, mit Un Kopeck Schritt zu halten. Als nächster Sir Hendrik, dem die nasse Bahn zu schaffen macht!"

Am Ende des Rennens lag Ghazalia immer noch vorn, schlammbespritzt, naß und völlig erschöpft, aber nicht bereit, aufzugeben. Sie schoß über die Ziellinie, wurde langsamer, und Sandra ließ ihr Pferd auslaufen. Endlich parierte sie Ghazalia zum Schritt durch. Sie stieg ab und umarmte die Stute lachend und weinend zugleich. Ghazalia keuchte schwer, ihre Flanken waren schweißbedeckt, die Beine zitterten. Es war das letzte Mal, schwor sich Sandra. In Zukunft wird sie nur noch auf den Weiden des Gestüts mit dem Wind um die Wette laufen.

Fox zog grinsend und anerkennend seine Jockeykappe, als er Violet zum Trockenführen brachte. Sandra flüsterte in das Ohr ihrer Stute: „Danke, mein Pferd! Wir haben es geschafft! Man wird überall von dir sprechen und über dich schreiben. Du hast bewiesen, daß du schneller bist als alle anderen. Drei Siege, zwei Bahnrekorde. Du bist großartig!" Sie legte ihren Kopf an das Pferdegesicht und klopfte Ghazalias Hals. Der leichte Jockeysattel hob sich kaum mehr von dem schlammbespritzten Pferdekörper ab, auch Sandra war fast so schlammbedeckt wie die Stute selbst.

Dann führte sie Ghazalia ohne ein Wort für die Reporter vom Abreiteplatz in die Box, wo sie begann, das Pferd sorgsam abzureiben. Sie untersuchte persönlich Ghazalias Fesseln, tastete die Beine ab, um sich zu überzeugen, daß mit ihrem Pferd alles in Ordnung war.

Erst später, vor der Siegesfeier, stand sie allen Rede und Antwort. Die Journalisten und Sportreporter wollten alle das gleiche wissen: „Wann werden Sie Ghazalia wieder starten lassen? Und wo?"

Doch Sandra antwortete ernst: „Die Stute ist jetzt sechs Jahre alt. In diesem Alter haben andere Pferde längst ihr letztes Rennen hinter sich. Ghazalia hat bewiesen, was in einem Araber steckt. Von jetzt an wird sie nur noch zu ihrer und meiner Freude auf unserem Gestüt leben. Sie ist unverkäuflich."

Bei der Siegesfeier drängte sich Sandra durch das Festgetümmel und ging durch die regnerische Herbstnacht zu den Ställen, um noch einmal nach Ghazalia zu sehen. Die Stute wieherte leise, als sie Sandras Nähe wahrnahm. Die junge Frau betrat die Box, streichelte wortlos den nervigen Kopf ihres Pferdes, betrachtete es sorgfältig und überzeugte sich, daß es warm zugedeckt und die Krippe voll Heu war. Es war ruhig in den Boxen. Die Pferde waren sehr müde. Nach diesem Renntag war auch Sandra todmüde. Sie ging nicht mehr zum Trubel der Siegesfeier zurück. Sie dachte an ihren Mann, Roman, der, Tausende von Kilometern entfernt, in der Wüste arbeitete. Dann fiel sie in einen traumlosen Schlaf.

Früh am Morgen, noch bevor der große Reiserummel in den Ställen begann, verluden Fox und Sandra die schwarze und die weiße Stute in den Transporter und traten die Heimfahrt an. Fox, der lange und ausgiebig den dritten Platz von Violet gefeiert hatte und weder ganz nüchtern, noch besonders munter war, überließ Sandra das Steuer und schlief bereits nach wenigen Kilometern Fahrt tief und fest.

Am Abend erreichten sie das heimatliche Gestüt am Rande des Teutoburger Waldes. Als Sandra den Wagen im Innenhof anhielt, war sie so müde, daß sie am liebsten gleich ins Bett gegangen wäre. Sie wollte aber doch ihre Stute persönlich in den Stall bringen und sie nach den anstrengenden Tagen selbst versorgen. Bis in die tiefe Nacht saß dann die Familie zusammen und hörte von Sandra und dem Jockey alles über den großen Sieg.

Als Sandra am nächsten Morgen erwachte, drangen die vertrauten Morgengeräusche des Gestüts an ihre Ohren, so wie immer. Das kannte sie seit ihrer Kindheit, und sie liebte die Laute: das Klappern von Pferdehufen, Gewieher, die Rufe der Pferdepfleger und die Geräusche der Arbeitsgeräte. Sandra streckte sich ausgiebig. Sie hatte erreicht, was sie wollte. Sie hatte allen das Talent und die Schnelligkeit ihres Pferdes bewiesen. Würde sie nun damit zufrieden sein, über die Wiesen zu reiten? Oder bei schlechtem Wetter Dressur in der Reithalle zu üben? Sie wußte es nicht. Eins aber wußte sie: Ghazalia sollte frei sein. Das stand für Sandra fest.

Sie ging in den Stall und begann systematisch mit der Arbeit der ihr anvertrauten Pferde: dem Zureiten der beiden Zweijährigen, dem Training der dreijährigen Fuchsstute, die für die Winterrennen fit sein sollte, und der Fellpflege dieser drei Pferde nach dem Arbeiten.

Schließlich holte sie Ghazalia aus der Box, sattelte sie und ritt mit ihr in den Herbsttag hinaus. Kalt und unfreundlich blies der Wind von Osten. Auf einer kleinen Anhöhe angelangt, stieg Ghazalia plötzlich. Sie wieherte immer wieder, hell und schmetternd, als wollte sie der nahenden, kalten Jahreszeit den Kampf ansagen.

„Ja, ist schon gut, du magst den Winter nicht. Hast ja recht! Benimm dich aber trotzdem einigermaßen!" Sandra klopfte Ghazalias Hals, dann ließ sie ihr Pferd nach Hause laufen, mit angelegten Ohren und vorgestrecktem Kopf, gegen den Wind.

Eines Morgens klangen die Arbeitsgeräusche vom Hof seltsam gedämpft an Sandras Ohr, und als sie die Vorhänge öffnete, fielen leise und unaufhörlich die ersten Schneeflocken. Die Koppeln waren bereits von einer dünnen, weißen Schicht bedeckt.

Eine ruhige besinnliche Zeit begann, auch auf dem Gestüt. Die Pferde standen tief im goldgelben Stroh, setzten Winterspeck an, und die Menschen saßen in warmen, behaglichen Räumen, wenn draußen der Nordwind tobte. Wenn jedoch die Sonne schien und der Schnee alle geblendet die Augen schließen ließ, stürmten Pferde und Menschen hinaus in die weiße Pracht.

William Fox trainierte mit drei Pferden für die Winterrennen, Ghazalia aber stob über die Schneefelder mit hocherhobenem Kopf und vor Übermut blitzenden Augen. Wenn die Witterung keine Ausritte zuließ, verlangte Sandra ihrer Stute einiges an Dressur in der Reithalle ab.

Die junge Frau wurde immer unruhiger, je länger der Winter dauerte. In jedem Brief ihres Mannes war zu lesen, daß vorerst keine Aussicht auf Rückkehr aus der Wüste bestand. Er wurde dringend in Serir gebraucht.

Als die Sonne wieder warm genug geworden war, um den Schnee schmelzen zu lassen und den Boden aufzutauen, hatte Sandra erfahren, daß Romans Aufenthalt in Afrika drei Jahre lang dauern würde. Das dort geplante Projekt würde soviel Zeit in Anspruch nehmen. Das junge Paar würde sich in Zukunft nur während der zwei Urlaubsmonate sehen können, die Roman jedes Jahr zustanden. Nach vielen schlaflosen Nächten stand der

Entschluß, den Sandra dann schweren Herzens gefaßt hatte, fest: Sie würde Deutschland, das Gestüt, ihre Eltern und Freunde und ihr geliebtes, eigensinniges Pferd verlassen, um zu ihrem Mann zu gehen. Sie wollte, bis er nach Europa zurückkehrte, mit ihm in der kleinen Oase in der Wüste leben.

Als alle Formalitäten erledigt waren und der Tag der Abreise bevorstand, ging Sandra bereits um sechs Uhr morgens in den Stall, fütterte Ghazalia und setzte sich während der Zeit, die die Stute zum Fressen benötigte, in einer Ecke der Box ins Stroh, um bei ihr zu sein. Das Pferd, das nicht verstand, warum Sandra das tat, spürte die Traurigkeit, die von dem geliebten Menschen ausging. Immer wieder hielt sie im Fressen inne, kam in die Ecke ihrer Box, in der Sandra saß, und beschnupperte sie. Sie scharrte den Boden, schüttelte den Kopf, und das Mädchen spürte, wie verwirrt das weiße Pferd war.

Verzweifelt sagte sie: „Friß nur auf! Einmal noch möchte ich auf deinem Rücken über die Wiesen fliegen, und die Erinnerung an dein Wiehern soll ganz frisch sein in mir, wenn ich jetzt fast drei Jahre ohne dich leben muß."

Schließlich sattelte sie Ghazalia und ritt hinaus in den klaren Frühlingsmorgen. Sie ließ die Stute die Richtung bestimmen, gab ihr die Zügel frei und trieb oder hielt Ghazalia in keiner Weise. Als das Gestüt außer Sichtweite war, setzte Ghazalia sich in Trab und schließlich in Galopp. Sie jagte über die Ebene vor ihren Augen, bis das Land leicht hügelig zu werden begann. Da parierte Sandra ihr Pferd zum Schritt und lenkte es auf ein kleines Hochplateau, von dem aus sie die ganze Landschaft überblicken konnten. Sie hielt die weiße Stute an, streichelte ihren Hals und sprach stumm mit ihr: Heute werden wir das alles hier zum letzten Mal für lange Zeit zusammen sehen. Ich werde zu Roman nach Serir fliegen, da er die nächsten drei Jahre dort bleiben muß. Es gibt Schwierigkeiten mit den Bohrungen. Ich kann ihn nicht drei Jahre allein lassen, ich liebe ihn einfach zu sehr. Bitte versteh, daß ich dich zurücklasse, aber du hast es schön hier, und nach drei Jahren bin ich wieder bei dir. Mein Gott, es klingt alles so einfach, dabei ist es so schwer, dich zurückzulassen. Verzweifelt strich sie über Ghazalias seidige Mähne. Sandras Augen füllten sich mit Tränen. Sie wendete das Pferd und trieb es zu schärfstem Galopp an. In halsbrecherischem Tempo jagten sie heimwärts. Sandra hielt vor einer der Koppeln an, sprang vom Rücken ihres Pferdes, sattelte es ab und wollte Ghazalia durch das Tor auf die große Weide lassen. Doch die Stute wieherte, sie stampfte den Boden und warf den Kopf.

Sandra strich ihr über die Nüstern. „Drei Jahre vergehen schnell! Los! Lauf zu, mach es uns nicht noch schwerer! So lauf schon!" flüsterte sie, als Ghazalia mit den Nüstern ihre Wange berührte, um ein letztes Mal ihren Duft zu atmen. Dann bäumte sich das weiße Pferd auf, drehte um und trabte davon, immer wieder wiehernd. Ghazalia spürte, daß ihre Freundin sich verabschiedete. Ihr verzweifeltes Wiehern war noch lange vom Ende der Koppel her zu hören.

Sandra lief aufschluchzend zum Wohnhaus, ohne sich noch einmal umzudrehen.

Am Abend saß sie bereits im Flugzeug und dachte nur zerstreut an den Mann, der sie erwartete, dafür aber mit schwerem Herzen an ihr Pferd, das sie verlassen hatte. Als die Maschine wenige Stunden später landete und Sandra die schmale Treppe hinunterging, drang ihr die schwüle Luft einer lauten, orientalischen Nacht entgegen. Zahllose neue Eindrücke und fremde Stimmen stürmten auf sie ein. Bald darauf umschlossen sie die sonnengebräunten Arme ihres Mannes.

Die Überfahrt

Wochen waren vergangen, und Sandra hatte sich noch kaum eingelebt in dem fremden, heißen Land, als die Nachricht von zu Hause kam, daß es Schwierigkeiten mit Ghazalia gab. Sandra wäre überrascht gewesen, wenn es anders gewesen wäre.

Ghazalia war verzweifelt; sie fraß nicht mehr, hatte abgenommen, und ihr Fell war stumpf und glanzlos geworden. Jede Nacht donnerte sie gegen die Holzwände ihrer Box, bis diese eines Tages splitternd zerbrachen. Man hatte sie durch neue ersetzt, und das Ganze begann von vorn. Jeder, der die Stute anfassen, führen oder gar satteln wollte, mußte damit rechnen, gebissen oder getreten zu werden.

Sogar Fox konnte nicht mehr mit Ghazalia umgehen. Er machte sich große Sorgen um das Pferd.

Sandras Vater gab Anweisung, Ghazalia Tag und Nacht auf den Koppeln zu lassen, da es ihm besser erschien, der Stute freien Weidegang zu geben. Draußen würde sie abgelenkt sein. Auf der Koppel raste das magere Pferd stundenlang am Zaun entlang, bis es schließlich erschöpft stehenblieb, um wie wild auf den Zaun einzuschlagen.

Fox beobachtete das Tier kopfschüttelnd, endlich sprach er mit Sandras Vater. „Schreiben Sie ihrer Tochter, sie soll dieses Tier zu sich holen oder hierher zurückkommen. Ich schwöre Ihnen, Ghazalia wird sonst sterben. Vorher jedoch wird sie alle Koppelzäune zerschlagen."

Nachdenklich verließ Charles Legrand die große Koppel.

Einige Wochen waren vergangen, der Sommerwind blies sanfte Wellen in das hohe, grüne Gras der Weiden, als Sandra die weiten Koppeln betrat und Ghazalias Namen rief. Sie war gekommen, um ihr Pferd nach Libyen mitzunehmen. Sie wußte, daß Ghazalia eher verhungern als sich fügen würde. So sollte sie denn mit nach Afrika.

Sandras Augen leuchteten, als sie das hohe, aufgeregte Wiehern und das Donnern der galoppierenden Hufe hörte. Mit wehender Mähne und geweiteten Nüstern, den Kopf hoch erhoben, tauchte die weiße Stute hinter einer Bodenwelle auf. Sie stand dicht vor Sandra, stieg, wieherte, schnaubte, drehte ab, um bockend wie ein Fohlen die junge Frau zu umkreisen. Schließlich blieb sie stehen und berührte mit den Nüstern sanft die Schulter ihrer Freundin, unbändige Freude in den großen, goldbraunen Pferdeaugen. Sandra weinte und lachte, sie schwang sich auf den bloßen Pferderücken, vergrub die Hände in der dichten Mähne, und die Stute jagte los.

Sandras Vater, der die Begrüßung beobachtet hatte, öffnete erschüttert das Gatter, und Pferd und Reiterin flogen hinaus über die grünen Wiesen, bis die Stute erschöpft innehielt und Sandra von ihrem Rücken glitt. Sie ließ sich ins Gras fallen, während das weiße Pferd den Kopf beugte und hungrig zu fressen begann.

Sandra strich sich die Haare zurück und sagte leise: „Es ist gut. Du kommst mit mir, du wildes kleines Pferd."

Einige Tage später wurde die Stute wieder einmal in einen Transporter verladen, und nur weil Sandra danebenstand, ging sie hinein. Das Wiehern, das sie als Abschied an das Gestüt ausstieß, war laut und durchdringend. Es war, als wüßte die Stute, daß sie nicht hierher zurückkommen würde, dachte Charles Legrand.

Die Fahrt zum Hafen, der Abschied von ihrem Vater..., alles erschien Sandra seltsam unwirklich. Ihre Gedanken waren bereits in Afrika. Nervös trippelte die Stute über die Gangway in den Schiffsbauch. Sandra band sie selbst sehr sorgsam in der vorgesehenen Box fest, um Schwierigkeiten zu vermeiden, die wohl eingetreten wären, hätte sie das Pferd von Matrosen verladen lassen.

Sandra war fest entschlossen, ihr Pferd nicht allein zu lassen: Sie hatte eine Sondererlaubnis bekommen, damit sie im Frachtraum sein durfte, so oft sie wollte. Sie machte es sich in einer Ecke bequem und war bald, nachdem die Motoren gleichmäßig zu stampfen begonnen hatten, eingeschlafen.

Verwirrt fuhr sie hoch, als Stimmengewirr und Kettengerassel sie weckten. Die Luft im dunklen Frachtraum war heiß und stickig, es roch nach Maschinenöl. Das Fell der weißen Stute war bläulich verfärbt von Schweiß, Ghazalia ließ müde den Kopf hängen.

Sandra ging an Deck, um Luft zu schöpfen. Sie beobachtete das Treiben im spanischen Hafen Aveiro, in dem Zwischenstation gemacht wurde. Dann ging sie wieder zu ihrem Pferd. Sie saß zusammengekauert neben ihm und gab acht, daß mit Ghazalia alles in Ordnung war.

Ghazalia keilte vor Ungeduld gegen die Boxwände, denn sie durfte wegen der Zollbestimmungen nicht von Bord. So mußte sie einen heißen, nicht enden wollenden

Tag im engen Schiffsbauch verbringen; so lange lag der Frachter im spanischen Hafen vor Anker. Als abends die Motoren wieder zu stampfen begannen, stand die weiße Stute reglos da, sie döste in der Schwüle des dämmerigen Frachtraumes vor sich hin.

Sandra konnte vor Hitze und Erschöpfung in dieser Nacht nicht schlafen. Als sie gegen Morgen in einen unruhigen Schlaf fiel, dauerte es nicht lange, und sie wurde vom Schnauben und Wiehern ihres Pferdes wieder geweckt. Die Stute schien das Ende der Reise zu spüren.

Sie waren angekommen! Endlich! El-Beida! Sandra ging an Deck, um die Einreiseformalitäten zu erledigen. Ghazalia scharrte vor Ungeduld den Boden, und als die Schiebetüren des Schiffsbauches aufgezogen wurden, schien sie sich zu fürchten. Mit aufgerissenen Augen wieherte und stampfte sie in der engen Box. Dann schoß sie vorwärts, hinaus ins Freie, als Sandra sie losband, um sie auf die Gangway zu führen. Das Pferd blinzelte, so gleißend hell war es draußen im Vergleich zum dunklen Schiffsbauch, als es dann neben dem schwarzhaarigen Mädchen aufs Festland tänzelte.

Heiß und lärmend nahm das Land ihrer Väter sie in Empfang. Laute Stimmen drangen an Ghazalias Ohren und fremdartige Gerüche in ihre Nüstern. Sie verwirrten das Pferd und ließen es so dicht wie möglich an Sandras Seite gedrängt gehen.

Kaum bemerkten die Menschen im Hafen das edle,

unruhige Tier, als auch schon eine Gruppe wild gestikulierender Männer auf Sandra losstürmte und zu feilschen begann. Als einer der dunkelhäutigen Männer die Hand nach Ghazalia ausstreckte, fuhr sie blitzschnell auf ihn zu, biß nach seiner Schulter und stieg dann schrill und zornig wiehernd. Respektvoll wichen die Menschen zurück.

Roman bahnte sich einen Weg durch die Menge. Seine Augen leuchteten, als er seine junge Frau umarmte. Er klopfte den schlanken Hals des Pferdes und sagte: „Hallo, Ghazalia. Hast du alles gut überstanden? Willkommen zu Hause! Hoffentlich wirst du dich hier eingewöhnen!"

Die Stute duldete seine Begrüßung jedoch nur, weil sie wußte, daß er zu Sandra gehörte. Roman hatte auf dem Weg durch das Hafengelände zu tun, um Neugierige und Händler fernzuhalten, die alle die stolze, weiße Stute bestaunen, anfassen oder kaufen wollten. Vom ärmsten Beduinen bis zum reichen Viehhändler schienen viele anwesende Araber den Wert und die Rasse dieses Pferdes zu erkennen und zu verstehen.

Am Hafenausgang stand ein Jeep mit einem klapprigen, alten Anhänger, der das junge Paar und das Pferd zu der Oasensiedlung Serir bringen sollte. Der schwarze Fahrer verneigte sich vor Sandra und wollte ihr die Führleine aus der Hand nehmen, um die Stute über die Rampe in den offenen Hänger zu führen. Ghazalia aber wich vor ihm zurück, sie stieg, schnaubte zornig, und Roman redete kurz auf arabisch mit dem Mann, der verstehend nickte und sich abermals verbeugte.

Kaum ein Europäer hätte die Erklärung, die Roman dem Fahrer gab, verstanden. Für einen arabischen Pferdekenner aber war es offensichtlich normal, daß dieses Pferd nur einem Menschen gehorchte und vertraute, nämlich Sandra.

Für Ghazalia begann eine endlose Fahrt auf holprigen, staubigen Pisten in eine unbekannte, heiße und doch seltsam anziehende Welt. Die Luft flimmerte, der feine Sand, den der rumpelnde Lastwagen aufwirbelte, verklebte Augen und Nase. Die Stute sah aus ihrem offenen Laderaum hinaus. Ghazalia schwitzte, sie mußte sich erst an das fremde Klima gewöhnen. Aber die Anpassung würde ihr nicht schwerfallen. Mit hoch erhobenem Kopf atmete sie die heiße Luft mit all den aufregenden, neuen Gerüchen.

Nachdem die Landschaft grüner geworden war, erreichten sie endlich Serir, eine von der Wüstensteppe umgebene, größere Oase. Sandra und Roman wohnten hier am Rande des Ortes, in einer Ansiedlung neu erbauter Häuser. Weiter entfernt ragten Bohrtürme zum Himmel empor, wie ein Wald entblätterter Bäume.

Vor einem der weißen Häuser hielt der Fahrer, und ein junges, europäisches Paar, ebenfalls ein Ingenieur mit seiner Frau, kam heraus, um Sandra und Roman zu begrüßen und das weiße Pferd zu betrachten. Unter bewunderndem Staunen führte Sandra ihre Stute vom Wagen in den nahe am Haus gebauten Stall. Drei Pferde standen hier bereits, Reitpferde der Pferdeliebhaber unter den europäischen Angestellten der Ölfirma. Sie waren aber auch das einzige Transportmittel, wenn die Autos einmal versagten. Alle drei Pferde waren edle, reingezogene Wüstenpferde.

El Titan, ein großer, grauer Wallach, Samha und Fathia, die beiden Fuchsstuten, wieherten hell und schnaubten, als Sandra ihre weiße Stute in eine einfache Box brachte. Ghazalia war fast so groß wie El Titan, der eins der größten Pferde der Umgebung war, aber zarter im Knochenbau als der Wallach. Außerdem sah man ihr an, daß sie auf Legrands Gestüt gut gefüttert und gepflegt worden war.

Als Sandra nach dem Auspacken und Ordnen ihrer Sachen in den Stall ging, um ihre Stute nach der staubigen Fahrt abzuspritzen, trockenzuführen und zu bürsten, glänzten Ghazalias Fell, ihre Mähne und der Schweif danach silbern und seidig. Sandra beschloß, in Zukunft auch die Pflege der anderen drei Pferde zu übernehmen, weil sich niemand so recht um die drei gekümmert hatte.

*

Die Europäer, die in Serir lebten, feierten Weihnachten, wie sie es auch in ihrer Heimat getan hätten. Unendlich weit entfernt schienen Sandra Schnee, Eis und Kälte zu sein. Hier zirpten die Zikaden vor den mit Moskitonetzen verhangenen Fenstern, ein warmer Wind wehte, aber die Nächte waren kalt.

Wenn Roman morgens früh auf die Ölfelder gefahren war, ging Sandra in den Stall, fütterte die Pferde und putzte eins nach dem anderen. Welch ein Unterschied, den sie durch die Striegel und Bürsten hindurch fühlte, wenn die Reihe an Ghazalia kam: weiches, glattes Fell über einem sehnigen, trainierten Körper, an dem kein Gramm Gewicht zuviel war. Die anderen Pferde blieben immer etwas struppig, wie lange Sandra sie auch bürsten mochte. Dennoch waren ihre Köpfe edel, der Blick klar und intelligent, die unbeschlagenen Hufe hart und kurz. Diese Pferde waren von Beduinen gezüchtet worden. Wenn es sein mußte, konnten sie mit einer Handvoll Datteln mehrere Tage in der Wüste überleben. Die Genügsamkeit, Klugheit und Schnelligkeit arabischer Pferde zeichneten auch El Titan, Samha und Fathia aus.

Während der Ausritte, die Sandra mit ihrer Stute unternahm, war es, als könnte Ghazalia nicht erwarten, jeden Winkel der neuen Umgebung zu erforschen. Es war ein ganz neues Gefühl, nur Sand und trockenes, hartes Gras unter den Hufen, die Sonne im Rücken und den Wüstenwind in den Nüstern zu spüren. Der Boden war zum Laufen geschaffen, dieser Boden, auf dem die schnellsten Pferde der Welt lebten und noch immer leben. Sandra ließ ihre weiße Stute laufen, so schnell sie wollte. Immer wieder war sie erstaunt über die Ausdauer des Pferdes, das trotz der Hitze nur selten müde zu werden schien.

Sandra ritt nie weiter als bis zu einem bestimmten Punkt – dem Übergang kleinerer Dünen in weite Hügel, zwischen denen eigenartig schroffe, kantige Felsbrocken verstreut lagen. Die Felsbrocken wurden, je weiter man sich in diese Stein-Sand-Wüste hineinwagte, immer größer, bis man in weiter Ferne verschwommen das Hamada-el-Homra-Gebirge erkannte. Hinter diesem Gebirge wiederum war nichts als Wüste, unbegrenzte, unendliche Wüste.

Roman hatte seine Frau dringend gebeten, niemals weiter zu reiten als bis zum Ende der Wüstensteppe, die um Serir herum lag. In der bizarren Felslandschaft sah ein Hügel wie der andere aus. Leicht konnte man sich hier verirren. Wenn Sandra Ghazalia durchparierte und wendete, bemerkte sie, daß das weiße Pferd mit den Ohren spielte und mit geweiteten Nüstern, zur Wüste gewandt, die Luft einsog. Widerwillig und zögernd ließ sie sich dann wenden. Und wenn sie zu Beginn des Ausritts ungestüm gelaufen war, so schien sie dann nur zögernd wieder heimzugehen.

Sandra konnte nicht wissen, daß Ghazalia bei einem der letzten Ausritte etwas erlebt hatte, das sie nicht mehr zur Ruhe kommen ließ. Weit, sehr weit entfernt hatte sie ein dunkles, fragendes Wiehern gehört, das Wiehern eines Hengstes. Ghazalia hatte hell und sehnsüchtig geantwortet. Immer wieder hatte sie fragend in die Wüste geblickt, war erwartungsvoll und unruhig stehengeblieben.

Sandra war in scharfem Galopp zurückgeritten. Sie hatte nichts gehört; aber sie spürte die Erregung ihres Pferdes, und sie wollte es sicher zurück in den Stall bringen.

Ghazalia hatte das Wiehern des Leithengstes einer Herde gehört, die aus den wenigen überlebenden Wildpferden bestand, die hier noch frei lebten. Dieser Hengst war nie in Gefangenschaft geraten, aber es hieß, daß es einen Beduinen gab, der ihn reiten durfte. Von Zeit zu Zeit suchte dieser Hengst, der El Immohagh genannt wurde, den jungen Beduinen. Er beobachtete ihn lange, bevor er sich ihm näherte; endlich ritt dann der Junge den wilden Hengst hinaus in die Wüste.

Dieser Hengst war so klug und so schnell, daß es noch keinem Menschen gelungen war, ihn einzufangen. Die Beduinen versuchten es auch nicht mehr. Dieses Tier war bereits zu Lebzeiten eine Legende geworden.

In der kleinen, sandigen Koppel neben dem Stall beobachtete Sandra oft, wie ihr Pferd am Zaun stand und in die Ferne blickte. Ghazalia schien nichts um sich her wahrzunehmen. In ihren goldfarbenen Augen lag Sehnsucht, und ihr Wiehern klang dunkel und erwartungsvoll, wenn sie sich endlich umwandte und ihre Freundin ansah. Sie konnte das ferne Wiehern des Hengstes nicht vergessen. Und sie schien es immer wieder zu hören.

Beim nächsten Ausritt zerrte die Stute nervös an den Zügeln. Sie wollte noch weiter in die Richtung laufen, aus der sie das Wiehern gehört hatte. Sandra spürte es, aber sie wollte nicht weiter in die Wüste reiten. Und noch weniger wollte sie, daß ihr Pferd ohne sie weiterlief.

Ghazalia aber ließ sich nicht beirren, und als Sandra ihr einmal die Zügel freigab, schoß sie los. Dann blieb sie wieder stehen und blickte in die Ferne. Sandra klopfte dem Tier den Hals und sprach sanft auf Ghazalia ein.

Das Pferd schüttelte unruhig den Kopf und scharrte den Boden. Nach einer kurzen Rast, während der Sandra angestrengt in die Ferne blickte und lauschte, wollte sie gerade wieder aufsteigen, um heimzureiten, da war es wieder zu hören! Abrupt blieb Ghazalia stehen und drehte sich um.

Sehr weit entfernt sah Sandra eine dunkle Silhouette, die sich im gleißenden Sonnenlicht gegen den Horizont abhob. Noch weiter hinten konnte sie die schwachen Umrisse des Hamada-el-Homra-Gebirges erkennen.

Ganz deutlich schien die Stute das schmetternde Wiehern zu hören. Auf diese Entfernung hatte er sie gewittert und erkannt! Was für Augen hatte dieser Hengst und welche feine Witterung! Sandra saß regungslos im Sattel. Als das Wiehern verklang, war auch bald darauf der flimmernde Umriß des Hengstes nicht mehr zu sehen.

Langsam und nachdenklich ging die Stute heimwärts. Sandra spürte deutlich, wie verstört Ghazalia war. Dies war ein besonderer Ruf, etwas anderes, als es das Wiehern der Gestütshengste gewesen war. Etwas Schicksalhaftes lag in El Immohaghs Ruf.

Im Stall band Sandra ihre Stute besonders sorgfältig an. Sie wollte Ghazalia nicht verlieren.

Von nun an ritt sie nicht mehr aus. Sie wußte jedoch, daß Ghazalia in Panik geriet, wenn sie das Gefühl des Eingesperrtseins hatte. Sie brauchte den Wind und die Weite um sich her. Sandra bemerkte die Unruhe des Pferdes; deutlich spürte sie, daß sich Ghazalia in einem Zwiespalt befand. Sie hatte sich zwischen der Liebe zu einem Menschen und der Stimme der Freiheit zu entscheiden. Rastlos trat das Pferd in der Box auf der Stelle, bittend schien es Sandra anzusehen.

Wieder brach ein heißer Tag an. Fast ohne Morgendämmerung schüttete die Sonne ihre Hitze über Serir.

Ghazalia stand auf der kleinen Sandkoppel, im Schatten einer Palme, als Sandra auf die Pferde zuging, ihnen Heu vorwarf und dann langsam zu der weißen Stute kam. Sie faßte in Ghazalias Mähne und sagte leise: „Du wirst dich vorerst mit dieser Koppel begnügen müssen, mein Mädchen, da du dich ja von niemandem außer mir reiten läßt. Ich darf vorerst nicht mehr reiten, weißt du. Bald bekomme ich mein Baby, und es soll Ruhe haben!"

Die Stute bemerkte die Veränderung ihrer Lebensweise und spürte den Wandel, der mit dem Körper ihrer

Herrin vor sich ging. Das Pferd schien zu wissen, was geschah. Oft beschnupperte es Sandra von oben bis unten und sah sie lange an. Dann scharrte sie den Boden und wieherte leise.

Sandra hatte sich noch nie so eng mit ihrem Pferd verbunden gefühlt. Oft stand sie bei Ghazalia und legte die Arme um den schlanken, silberweißen Pferdehals. Leise sprach sie mit dem schönen Tier, und sie wußte, daß Ghazalia sie verstand.

Eines Nachts war Ghazalia hellwach. Sie schlief nicht und wanderte rastlos in ihrer Box hin und her. Da hörte sie Hufgetrappel. Sie stand wie erstarrt und lauschte in die Nacht hinaus. Und sie wußte, wer dort draußen war. In der Nähe des Stalles verstummte der Hufschlag, einige Augenblicke herrschte tiefe Stille. Dann durchdrang ein lautes, dunkles Wiehern die Nacht, immer wieder und wieder.

Sandra erwachte und stürzte zum Fenster. Sie spürte das Fordern, das in diesem Wiehern lag, und sie wußte, daß keines der Pferde, die im Stall standen, so wiehern konnte. Als sie sich aus dem Fenster beugte, hörte sie keinen Laut, keinen Hufschlag, aber sie erkannte nach einiger Zeit das große Pferd, das leise um den Stall und um die Koppel tänzelte.

Ein Gedanke fuhr ihr durch den Kopf. Es ist der wilde Hengst, und er ist gekommen, um Ghazalia mitzunehmen! „Roman!" rief sie. „Komm, sieh dir das an!"

Der Mann war sofort wach und mit ein paar Schritten neben ihr am Fenster.

Doch das große, goldfarbene Pferd dort unten hatte die jähe Bewegung bemerkt. Es stieg auf der Hinterhand und warf sich herum, dann verschwand der Hengst zornig wiehernd in der Wüste.

„Eigenartig", sagte Roman nachdenklich. „Wo mag er herkommen? Er ist ein schönes Tier. Ich möchte wissen, wem er gehört."

„Niemandem", murmelte Sandra. „Es ist ein wilder Hengst, der Ghazalia zu seiner Herde in die Wüste führen will. Deshalb war sie immer so unruhig, wenn wir an den Rand der Felswüste gelangt waren. Sie hat ihn gewittert. Ich wußte es!"

„Glaubst du nicht, daß das etwas übertrieben ist? In der Felswüste dort könnte kein Pferd leben. Er müßte von jenseits des Gebirges kommen, und das ist ein sehr weiter Weg. Wahrscheinlich ist er einem Beduinen entlaufen", meinte Roman.

„Nein", erwiderte Sandra. „Ich weiß, was er will. Und ich werde es verhindern. Ich will Ghazalia behalten. Wir könnten versuchen, ihn einzufangen. Erst dann wird sich Ghazalia beruhigen. Bitte erkundige dich morgen bei deinen Arbeitern, ob sie etwas von dem Hengst wissen."

„Also gut, wenn es dich beruhigt", versprach Roman.

Die Freiheit

Am nächsten Abend kam Roman schweigsam von der Bohrstelle nach Hause.

Sandra ahnte den Grund. Sie bestürmte ihren Mann: „Sag mir, was haben sie erzählt? Wußten sie etwas über den Hengst?"

„Ja", sagte Roman und legte einen Arm um ihre Schultern. Dicht nebeneinander gingen sie zur Koppel und sahen zu den Pferden hinüber. Dann erzählte der große, blonde Mann von dem Hengst, das, was er über El Immohagh gehört hatte. „Unter den Arbeitern ist einer, der so ziemlich jede Arbeit macht, wenn er etwas verdienen kann. Vor einiger Zeit hat er bei einem Scheich, der Vollblüter züchtet, gearbeitet. Er hatte den Auftrag, ein ganz bestimmtes Pferd aus der Wüste zu holen, zur Auffrischung der Zucht. Es ist der Hengst, den sie El Immohagh nennen, den Dolch. Sandra, es gibt keinen Zweifel, es ist der, den wir gesehen haben – ein großer, goldfarbener Hengst, der mit einer erstaunlich großen Wildpferdeherde durch die Wüste zieht. Es sollen schnelle und gesunde Pferde sein, aber es ist bis jetzt nur wenigen Menschen gelungen, eines von ihnen zu fangen. Den Leithengst hat nie jemand einfangen können. Man erzählt sich, daß er immer dann, wenn man ihm näher zu kommen scheint, hinter einer riesigen Düne oder einem Felsmassiv verschwindet ... wie vom Erdboden verschluckt. Angeblich soll es aber in der Wüste einen jungen Beduinen geben, der diesen Hengst zu reiten vermag. Einige wollen nachts eine weiße Gestalt gesehen haben, die auf dem Rücken des goldfarbenen Pferdes über die Steppe jagte. Ich glaube nicht, daß diese Geschichte wahr ist. Aber es ist eine schöne Legende. Doch diesen goldfarbenen Hengst gibt es wirklich. Die Leute kennen ihn."

Sandra war sehr nachdenklich geworden. Dann sagte sie entschlossen: „Aber einmal wird dieser Hengst noch gejagt werden. Vom besten Reitertrupp, den wir finden können. Sie sollen ihn herbringen für Ghazalia. Sie können doch hier zusammenleben! Er soll sie mir nicht wegnehmen!"

Roman sah besorgt auf seine Frau. Er ahnte, daß sie enttäuscht werden würde, aber er wußte auch, daß jeder Versuch, sie von ihrem Vorhaben abzubringen, zwecklos sein würde.

Am nächsten Morgen begann Sandra mit der Suche nach den besten Reitern und den schnellsten Pferden der Umgebung.

Drei Tage später war es soweit. Noch im Dunkel der Nacht brach ein Trupp wild blickender Männer, meist Tuareg oder andere Beduinen, auf, um El Immohagh zu fangen. Sie kamen auf mageren, schnellen Pferden, die mit ihren verfilzten Mähnen und Schweifen und den rollenden Augen ebenso verwegen aussahen wie ihre Reiter. Mit lauten Rufen feuerten die Männer ihre Tiere an und jagten in die nachtdunkle Wüste hinaus, eine Staubwolke zurücklassend.

Ein Tag nach dem anderen verstrich, eine Woche nach der anderen, aber nichts geschah. Die nächtlichen Besuche des goldfarbenen Hengstes blieben seit dem Tag aus, an dem die Reiter aufgebrochen waren. Sandra schloß daraus, daß sie ihn gefunden hatten und ihm folgten, bis sie ihn fangen konnten.

Drei Wochen waren vergangen, als eines Abends der Trupp am Horizont auftauchte. Die Reiter näherten sich langsam, und als sie endlich ins Dorf kamen, wurden sie von allen umringt und mit Fragen nach dem Ausgang ihrer Jagd bestürmt.

Sandra wartete, bis die Neugierde der Dorfbewohner gestillt war. Sie sah ohnehin genug: nämlich, daß ein Pferd aus der Truppe zwei Reiter trug, daß von dem sagenhaften Hengst keine Spur zu sehen war, und daß die zähen kleinen Pferde erschöpft die Köpfe hängen ließen, während ihre Reiter von einer Schicht aus Wüstensand und Staub bedeckt waren.

Als sich die Neugierigen zurückgezogen hatten, ging Sandra langsam zu dem Anführer, der gebrochen Englisch sprach, um ihn nach dem Hengst zu fragen. Was Sandra aus den hastig hervorgesprudelten, teils englischen, teils arabischen Worten des Beduinen heraushörte, war die Bestätigung von Romans Vermutung.

Der Trupp hatte den Hengst im Hamada-el-Homra-Gebirge ausfindig gemacht und ihn gejagt und lange verfolgt. Sie hatten ein Pferd verloren, das sich in der felsigen Gegend ein Bein gebrochen hatte und erschossen werden mußte. Die Männer hatten den Hengst immer wieder aus den Augen verloren. Aufgrund der Spuren war es ihnen gelungen, ihn einige Male erneut zu sehen, bis zu dem Tag, an dem der Hengst und die Herde verschwanden, als wären sie vom Erdboden verschluckt worden. Sie konnten keine Hufabdrücke mehr finden, waren aber dennoch weitergeritten, tiefer und tiefer in die Wüste, bis Pferde und Reiter zu verdursten drohten.

Schließlich hatte der Anführer den Befehl zur Umkehr gegeben. Der Hengst und seine Herde schienen wie in Luft aufgelöst, ein Weiterreiten hätte den Tod für die Verfolger bedeutet. Auf dem Rückweg, als der Boden wieder grüner wurde und die erste Oase Erfrischung gespendet hatte, waren sie einem alten Tuareg auf einem Kamel begegnet, mit dem sie ins Gespräch gekommen waren. Er hatte ihnen berichtet, daß die Geschichte von dem jungen Tuareg, der den Hengst reiten konnte, wahr sei.

Vor ungefähr zehn Jahren hatte ein etwa vierzehnjähriger Junge diesem Hengst das Leben gerettet. Es geschah, als die Herde immer wieder von den Menschen gejagt wurde. Besonders ein Tuareg-Stamm setzte den Pferden immer wieder nach. Ein Mitglied dieses Stammes war der alte Mann mit seinem Kamel, dessen Sohn damals auch an der Jagd auf die Herde teilgenommen hatte. Als die Wildpferdherde auf der Flucht ins Gebirge hetzte, verfing sich der Huf eines etwa halbjährigen, goldfarbenen Hengstfohlens in einer Felsspalte. Das Fohlen war nicht in der Lage, sich aus eigener Kraft zu befreien. Der Junge, der als letzter der Verfolger ritt, hörte unter dem Donnern der Hufe aber das verzweifelte Wiehern der Mutterstute, die sich von ihrem Fohlen nicht trennen wollte. Als sie den Jungen auf seinem Pferd über einen Felsabhang reiten sah, floh sie schließlich. Der Junge sah die Angst in den Augen des kleinen Hengstes, als er absprang und sich ihm näherte. Schnell griff der junge Tuareg nach dem Strick an seinem Gürtel, um das Fohlen einzufangen. Er hätte damit als Jüngster seines Stammes ein Pferd gefangen und viel Ruhm dafür geerntet, ein Pferd, das sehr schön zu werden versprach. Dieses Fohlen konnte der Sohn des dunklen Fuchses sein, der die Herde damals führte. Man wußte, daß der Vater des Fuchses ein Rappe war, der, von Beduinen gezüchtet, eines Tages plötzlich mit mehreren Stuten in der Wüste verschwunden war. Nach und nach holte er sich aus verschiedenen Zuchten in der ganzen Gegend die schnellsten Pferde. Viele Jahre zog er als Gründer der Herde durch die Wüste, bis er von seinem Sohn, dem großen Dunkelfuchs, nach einem Machtkampf abgelöst wurde. Man sah ihn noch einige Zeit durch die Wüste streifen, bis er eines Tages spurlos verschwand.

Als der Junge so vor dem Enkel dieses Hengstes stand, geschah etwas Seltsames, das der alte Tuareg später als Zeichen Allahs deutete. Der kleine goldfarbene Hengst sah den Jungen an, so lange, bis dieser sich bückte, den kleinen Huf aus der Felsspalte zog und sagte: „Ein Pferd wie dich darf man nicht fangen. Du sollst frei sein und eines Tages das Erbe des dunklen Fuchses antreten. Aber wir werden uns wiedersehen, als Freunde. Lauf!"

Und so folgte das Fohlen der Herde. Der alte Mann erzählte weiter, daß der Junge im Lauf der Jahre immer wieder allein in die Wüste ging. Als er älter war, hatten ihn ein paar Hirten des Stammes zuweilen auf dem Rücken des goldenen Hengstes über die Ebenen preschen sehen oder wie er regungslos auf einem Felsen des Hamada-el-Homra-Massivs stand. Die Beduinen nannten den Hengst El Immohagh, Dolch, da sie ihn nur wie einen durch die Luft fliegenden, blitzenden Dolch wahrnahmen. Wegen seiner Fähigkeit, sich mit der Herde wie im Nichts aufzulösen, wenn er verfolgt wurde, und seit der Rettung durch den jungen Beduinen galt er als Abgesandter Allahs, dessen Zorn jeder auf sich ziehen würde, der versuchen wollte, seinen Boten, der die Menschen beobachten sollte, einzufangen.

Damit endete der Bericht des Reiters. Er rief aus: „Wir haben erfahren, daß es Unheil bringt, diesen Hengst zu jagen. Laßt ihn in Ruhe!" Er riß sein Pferd herum und ritt mit seinen müden Männern davon.

Sandra senkte den Kopf. Leise fragte sie Roman, der aufmerksam dem Bericht des Beduinen zugehört hatte: „Glaubst du, daß er sie holen wird? Ist die Stimme der Freiheit in ihr stärker als die Liebe zu mir? Soll ich sie einsperren und den Hengst verjagen, wenn er wieder kommen wird in der Nacht? Ich will Ghazalia nicht verlieren!"

Roman antwortete behutsam: „Wäre das so schrecklich für dich? Wenn du Ghazalia wirklich liebst, mußt du das tun, was für sie das Beste ist, was sie glücklich und frei sein läßt. Du mußt hören, was sie dir zu verstehen gibt – du kennst dein Pferd am besten."

Sandra schwieg. In den nächsten Tagen wurde nicht mehr über Ghazalia und den Hengst gesprochen.

Eines Nachts erklang von der Koppel her hartes Hufgetrappel. Sandra sprang aus dem Bett und stürzte zum Fenster. Sie wußte, daß El Immohagh zurückgekommen war. Sein Wiehern schien ihr noch lauter, noch fordernder als beim ersten Mal zu sein. Sandra ging nach unten, und als sie vorsichtig die Haustür öffnete, sah sie, wie der Hengst versuchte, das Holz der Stalltür, das verdächtig ächzte, mit den Hinterhufen zu durchbrechen. Als er sich aufbäumte und die Tür mit der Vorderhand endgültig einzuschlagen drohte, eilte Sandra auf ihn zu und schrie verzweifelt: „Geh weg! Laß sie in Ruhe!" Sie erhob drohend die Hand.

El Immohagh wandte sich, anstatt die Flucht zu ergreifen, blitzschnell nach ihr um. Er stand ganz still. Sandra, überrascht von dieser unerwarteten Reaktion, blieb ebenfalls stehen. Für einen Augenblick fürchtete sie einen Angriff des Pferdes. Der große goldfarbene Hengst schnaubte, er tänzelte ein paar Schritte auf Sandra zu, hielt wieder inne und sah sie unerschrocken an. Da verstand Sandra, warum der junge Tuareg ihn damals laufen lassen mußte. In diesem Blick lag soviel Wildheit und Sanftmut zugleich, Mut und Entschlossenheit, Bitte und Drohung, nur keine Furcht – daß Sandra war, als würde sie plötzlich alle Geheimnisse um Ghazalia, ja, das innerste Wesen aller Pferde neu verstehen. Ein hoch entwickeltes Lebewesen, ein besonderes Tier sah sie an. Dann, nach einem endlos scheinenden Augenblick, stieg der Hengst, wieherte hell und jagte zurück in die Wüste.

Sandra lief ein Schauer über den Rücken. Endlich löste sich ihre Erstarrung, und sie hörte Ghazalias leises Wiehern aus dem Stall. Die junge Frau ging langsam zu ihrer Stute. Lange sah sie sie an. Sanft strich sie über den silbrig schimmernden Hals des Pferdes, das jetzt nicht unruhig oder aufgeregt war, sondern mit glänzenden Augen ruhig in Sandras Gesicht blickte.

Sandra wußte, daß Ghazalia ihre Entscheidung getroffen hatte. Wenn es dem Hengst gelingen würde, sie von der Koppel oder aus dem Stall zu holen, würde sie mit ihm gehen. Sandra wußte auch: Sie selbst gehörte zu dem Mann, den sie liebte, und zu dem Baby, das sie erwartete. Diese beiden Menschen brauchten sie. Ghazalia aber schien ihren Weg gefunden zu haben. Sie würde unglücklich werden, wenn Sandra versuchen würde, sie einzusperren. Sie würde keine Ruhe finden, der Ruf der Wüste war zu stark. Sie gehörte hierher. Ihr Leben lang hatte sie sich unbewußt nach der Weite ihrer Heimat gesehnt. Sie war dazu geschaffen, Wüstensand unter den Hufen und den Wind um ihre Ohren zu spüren. Jetzt war sie am Ziel. Sie hatte ihre Bestimmung gefunden, und sie wußte es.

Sandra hörte ihre eigene Stimme, so, als spräche sie gar nicht selbst: „Alles, was ich tun kann, um deine Freundschaft zu erhalten, ist, dir zu geben, was du so ersehnst, und dir nicht den Willen eines Menschen aufzuzwingen, so wie es mit allen Pferden geschieht. Früher habe ich es zwar auch getan, nur stand ich noch nie vor so einer Entscheidung. Ich wollte dich immer vor dem Unverstand, dem Ehrgeiz und dem Wahnsinn anderer bewahren. Ich konnte der Welt beweisen, daß du das schnellste Pferd bist. Das war auch Ehrgeiz, ich weiß. Aber ich konnte dies nur tun, weil du es wolltest und weil du mir zuliebe vieles getan hast. Jetzt weiß ich, was ich dir schuldig bin. Auch aus Liebe. Erst in dem Augenblick, als mich dieser Hengst da draußen ansah, auf seine Weise, konnte ich verstehen. Wirklich verstehen."

Sie ging wieder ins Haus, und als sie dann Roman ansah, wußten die beiden jungen Menschen um die Gedanken des anderen und um das Verständnis zwischen ihnen. Wortlos umarmten sie sich.

Seit dieser Nacht kam der Hengst nicht mehr. Sandra vermutete schon, daß ihm etwas zugestoßen sein könnte.

Eines Abends jedoch – bald würde die Sonne am Himmel verschwunden sein – erklang plötzlich das bekannte Hufgetrappel. Sandra stand am Zaun und sah zu den Pferden hin. Als der Hufschlag näher kam, hob sie den Kopf. Zuerst war nur eine Wolke aus Sand und Staub zu erkennen, aus der schließlich der Hengst auftauchte. Es war das erste Mal, daß Sandra ihn richtig sehen konnte. Er war groß, größer und langbeiniger als jeder andere Araber, den sie bis jetzt gesehen hatte. Sein Fell glänzte mattgold wie die untergehende Sonne. Seine Stirnlocke fiel bis zu den Nüstern und die Mähne bis weit über den Hals. Sein Schweif fegte fast den Boden. Kein einziges weißes Abzeichen war zu erkennen. Tänzelnd verhielt er etwa zweihundert Meter von Sandra und Ghazalia entfernt. Als er wieherte, stieg die weiße Stute steil und antwortete. Ihre Augen glänzten feurig, und Sandra sah wehmütig und entzückt zugleich auf die beiden edlen Pferde.

Immer wieder stieg auch El Immohagh. Wie eine Statue hob er sich gegen den dunkler werdenden Himmel ab. Er wieherte schmetternd, freudig, und hinter den Fenstern des Wohnhauses erschienen die staunenden Gesichter der Bewohner, die dieses Schauspiel verfolgten.

Ghazalia rannte nun vor dem Koppeltor auf und ab und wieherte und schnaubte, da sie keine Möglichkeit sah, hier herauszukommen. Der Zaun war viel zu hoch, um ihn überspringen zu können, und zu stark, um ihn zu zerschlagen. Die anderen Pferde standen so regungslos da wie Sandra, die unbeweglich und wie gebannt den Hengst anstarrte. Ihr Herz klopfte wie wild, als sie sich schließlich umdrehte, Ghazalia ansah und die oberste Latte des Gatters zu entfernen begann. Sie hatte sich entschlossen, ihr Pferd gehen zu lassen. Als alle Latten beiseite gelegt waren, stand die Stute zitternd vor ihrer Freundin, und während Sandra die Hand ausstreckte, um sanft Ghazalias Nüstern zu berühren und über den vertrauten Pferdekopf zu streichen, sagte sie leise: „Lauf jetzt! Ich habe es geahnt, seit wir hier sind. Es gibt kaum ein Pferd, außer ihm da drüben, das es mehr verdient hätte und das besser geeignet wäre, frei zu sein, frei zu leben. Wenn du willst, geh jetzt. Bevor ich es mir anders überlege."

Wieder stieg die Weiße und wieherte hell, bevor sie auf El Immohagh zutänzelte. Steifbeinig kam er ihr entgegen, während Sandra und Roman, der inzwischen herausgekommen war, die beiden stumm beobachteten. Als sich die Nüstern der Tiere sacht berührten, war es, als ob sich die beiden schönen Pferde schon sehr lange kannten.

Plötzlich wirbelte der goldfarbene Hengst herum und raste in wildem Tempo davon. Auf einer kleinen Anhöhe hielt er noch einmal inne. Ghazalia wandte sich leise wiehernd um, als wollte sie Sandra etwas sagen, dann jedoch jagte sie El Immohagh nach, hinaus in die Wüste, in die Freiheit.

Sandra verfolgte die kleine Staubwolke noch lange mit den Augen. Endlich, als sie sie nicht mehr erkennen konnte, wandte sie sich dem Haus zu. Als Roman in ihr ernstes Gesicht sah, wischte sie sich die Tränen ab und lächelte. Eine große Ruhe überkam sie... nach der Anspannung und der Belastung dieser Entscheidung.

Schnell senkte sich die Nacht über die Wüste, bald wurde es kalt. Aber der große Hengst neben Ghazalia, der sich wie ein dunkler Schatten bewegte, verströmte Wärme und Sicherheit. Sie waren gleich schnell, jedoch fiel es der Stute nach langem Lauf, als sie die Grenze zur Steinwüste schon lange überschritten hatten, mit der Zeit schwerer und schwerer, Schritt zu halten. El Immohagh spürte es, er lief langsamer, während er die Weiße zielsicher um das Hamada-el-Homra-Gebirge herumzuführen begann. Ohne Rast liefen sie Seite an Seite durch die Nacht.

Wieder wurde es Tag, wieder war es glühend heiß. Hinter einer Felsnase begann plötzlich die weite, endlose Steppe. Hier waren keine Steine mehr zu sehen. Der Hengst führte Ghazalia noch fast einen ganzen Tag lang in die Wüste hinter dem Gebirge. Dann tauchten zuerst einzelne Palmen auf, dann erschien jedoch unvermittelt eine üppige Oase vor ihren Augen. Die völlig erschöpfte Stute hörte Geräusche, wie sie von einer ruhenden Pferdeherde verursacht werden: leises Scharren, Rascheln und Schnauben. Bald darauf sah sie am Ufer eines kleinen Sees eine große Herde. Glatte, glänzende Pferdeleiber mit langen starken Beinen, dichten Mähnen und Schweifen. Sie hoben die Köpfe und blickten ruhig und freundlich den Ankömmlingen entgegen. Einige Stuten wieherten.

Der Hengst führte Ghazalia an der Herde vorbei, in einen kleinen Palmenhain, in dem ein zweiter, kleinerer See lag. Dort erst hielt er an. Ghazalia senkte den Kopf und begann gierig zu trinken. Ihr Fell war staubbedeckt, Mähne und Schweif verschwitzt vom Lauf durch die Wüste.

Es dauerte jedoch nur wenige Tage, und Ghazalia war kaum wiederzuerkennen. Neben dem mattgoldenen Hengst war sie das schönste Pferd der wilden Herde. Silbrig glänzte ihr Fell, und der bodenlange Schweif wehte wie ein Banner, wenn Ghazalia und El Immohagh über den Steppenboden jagten, Seite an Seite, beide gleich schnell. Der Hengst kümmerte sich fast nur um Ghazalia, die schöne weiße Stute, während die Herde in der Oase grasend die Tage verbrachte. Wenn beide nebeneinander in der untergehenden Sonne, die nicht zu sinken, sondern zu stürzen schien, auf einem Hügel standen, glichen sie zwei Statuen aus Silber und Gold. Der Hengst sah aus, als glühe er, wenn er mit flatternder Mähne zum Horizont hinlief, als wollte er eintauchen in den Feuerball am fast schon dunklen Himmel.

Eines Nachts wurde El Immohagh unruhig, und am Morgen begann er nach Westen zu laufen. Ghazalia folgte ihm, und erst, als sie in der Ferne Beduinenzelte und Lagerfeuergeruch wahrnahm, begann sie zu zögern, und der Abstand zwischen den beiden Pferden vergrößerte sich zusehends. Unbeirrt lief der große Hengst weiter, bis er auf dem höchsten Punkt einer Düne innehielt. Er wieherte und schnaubte einige Male, rührte sich aber nicht von der Stelle, immer die Zelte beobachtend. Ghazalia folgte ihm in gebührendem Abstand, sie schien abzuwarten.

Lange geschah nichts. Endlich tauchte eine schmale Männergestalt in weißen Beduinengewändern auf, die sich der Düne näherte. Der Hengst ergriff nicht die Flucht, er schnaubte leise dem Freund entgegen. Dann ließ er sich von ihm in die Mähne greifen und den Hals klopfen. Endlich schwang sich der junge Mann mit einem Satz auf den goldfarbenen Rücken und stieß einen anfeuernden Ruf aus. El Immohagh stürmte mit einem mächtigen Sprung vorwärts und galoppierte in den neuen Morgen hinein, weit in die Wüste.

Ghazalia spürte die besondere Verbindung zwischen dem jungen Tuareg und dem wilden Araberhengst. Es war das gleiche Geheimnis, das auch zwischen ihr und

Sandra bestand. Ghazalia begann aufzuholen, bis sie schließlich Kopf an Kopf mit dem Hengst lief. Der junge Mann auf seinem Rücken sah staunend die weiße Stute, und er wußte, daß sie das einzige seinem Hengst ebenbürtige Pferd war. Ghazalia war immer schon frei und wild gewesen und so schnell, daß sie mit dem großen Goldfuchs mithalten konnte. Das erkannte der junge Mann, ohne von ihren Rennerfolgen zu wissen. Und ohne zu ahnen, daß Ghazalia erst seit wenigen Wochen in der Wüste lebte, erkannte er, daß kaum ein Pferd so für ein Leben in Freiheit geschaffen war wie diese silberweiße Stute. Er sah das Leuchten in den großen Augen, sah die geweiteten Nüstern, den edlen Kopf, gegen den Wind gestreckt, und die starken, donnernden Hufe.

Der Junge genoß diesen Augenblick auf dem Rücken seines Hengstes, der ihn, die weiße Gefährtin neben sich, über den Wüstenboden trug. Niemand würde so einen Augenblick auf einem gefangenen, gezähmten Pferd erleben. Als sie endlich bei Einbruch der Dunkelheit zu dem Zeltdorf zurückkehrten, in das der junge Mann, ohne ein Wort von den Pferden zu erzählen, gehen würde, sagte er stumm zu dem Hengst, als er absprang: Dies ist die Gefährtin, auf die ich gewartet habe. Sie allein ist so wie du selbst. Sie ist das beste Pferd, das je mit der Herde lief. Allah allein weiß, woher du sie geholt haben magst.

Er ahnte nicht, daß es außer ihm noch eine junge Frau gab, die ebenso dachte wie er, und die einem Pferd lieber die Freiheit geschenkt hatte, als es für sich zu beanspruchen und einzusperren. Aus Liebe zu dem Pferd hatte sie diese Entscheidung treffen können.

El Immohagh wieherte zum Abschied, er wendete scharf und preschte, übermütig bockend wie ein Fohlen, zurück in die Richtung, in der er seine Herde wußte, Ghazalia an seiner Seite.

Die Wochen und Monate verstrichen. Die weiße Stute lebte bei der Herde, als wäre es nie anders gewesen. Die meiste Zeit hielt sich El Immohagh abseits; er beobachtete nur und griff ordnend ein, wenn die Spiele der Junghengste allzu wild zu werden drohten. Dann jedoch fuhr er wie ein Blitz dazwischen, keilend und beißend nach allen Seiten, bis die jungen Raufbolde erschrocken davongaloppierten und der Herde in gebührendem Abstand weiterfolgten.

Die Führung hatte meist eine alte, knochige Rappstute, die Mutter des riesigen Rappen, des Gründers der Herde. Sie war damals, einige Zeit nach dem Ausbruch des Hengstes mit einigen jungen Stuten, ihrem Sohn in die Wüste gefolgt. Ihrer Erfahrung verdankten die Hengste das Wissen um verborgene Wege und Abkürzungen im Gebirge, und schon oft hatte ihre Klugheit die Rettung vor Verfolgern bedeutet. Es hieß, sie hätte sogar, um eines ihrer Fohlen zu beschützen, mit einem Puma gekämpft. Die Tuareg erzählten, daß der Silberlöwe durch einen mächtigen Hufschlag auf den Kopf getötet worden war. Die schwarze Stute hatte einige schwere Verletzungen davongetragen, deren Narben heute noch als weiße Stellen in ihrem Fell von dem Kampf zeugten.

Bis Ghazalia so erfahren sein würde wie diese schwarze Stute, sollte sie die Wüste erst noch in all ihrer Vielfalt, mit ihren Gefahren und ihrer Schönheit kennenlernen; denn das Leben in Freiheit war nicht leicht.

Glühendheiße Tage, an denen jedes Wölkchen, das am Himmel erschien, sofort aufgelöst wurde von einer unbarmherzig brennenden Sonne, schienen kein Ende nehmen zu wollen. Das spärliche Steppengras wurde braun, und die Herde mußte oft tagelang wandern, um Wasser und Futter zu finden.

Am Ende der Trockenzeit hatte die Wüste so manches Opfer unter den Tieren gefordert. Die Pferde waren mager und struppig geworden, aber sie standen geduldig und ausdauernd im spärlichen Schatten kleiner Felsmassive, auf Regen wartend. Ihr Instinkt sagte ihnen, daß er nun, wo sie am Ende ihrer Kräfte waren, bald kommen mußte, so wie er noch immer gekommen war.

Eines Nachts schließlich zuckten Blitze über den Himmel, und in kurzem Abstand krachten die Donnerschläge. Endlich begann es, zuerst zögernd, dann wie aus geöffneten Schleusen, zu regnen. Wie eine graue Wand versagte der dichte Regen den Pferden die Sicht. Gierig sog der Sandboden die Wassermassen auf.

Nach wenigen Tagen, an denen es ununterbrochen geregnet hatte, zeigte die Wüste ein neues Gesicht. Der

Boden war über und über von einem Teppich der verschiedensten Blüten bedeckt. Es war, als hätte der Regen die Blumen über die Wüste verstreut. In Wirklichkeit hatte er nur die im Boden auf Feuchtigkeit wartenden Samen zum Leben erweckt. Sie mußten alle zugleich in großer Eile Blüten und neue Triebe bilden, denn so plötzlich wie der Regen begonnen hatte, so plötzlich würde er auch wieder aufhören.

Übermütig tollten die Pferde über den Blütenteppich; sie fraßen und tranken sich endlich wieder satt. Nach mehreren Tagen waren ihre Körper wieder runder und glatter geworden.

Eines Morgens brachen aufs neue Sonnenstrahlen durch ein Loch in der dichten Wolkendecke, und in wenigen Stunden hatte die Sonne den Kampf wieder für sich entschieden. Strahlend blau leuchtete der Himmel, und die Temperatur stieg rasch. Bald würden die Blumen verblüht sein und die Wüste scheinbar wieder karg und leblos. Jedoch die Samen der Blumen und Gewächse schlummerten bereits im Sandboden, um schließlich beim nächsten großen Regen wieder zum Leben erweckt zu werden.

Von Zeit zu Zeit sonderten sich Ghazalia und El Immohagh von der Herde ab, um Seite an Seite dahinzujagen, getrieben von unbändiger Lebenslust.

Seit einigen Wochen aber war die Zeit der übermütigen Rennen vorbei. Ghazalia lief in der Mitte der Herde, deutlich war ihr bereits die Trächtigkeit anzusehen. Sie spürte, daß ihre Zeit bald kommen würde und hielt Ausschau nach einem geschützten Platz für die Geburt ihres Fohlens.

Eines Nachts war es schließlich soweit. Unter dem hohen, sternenklaren Wüstenhimmel wurde das neue Pferdekind geboren. Die Stuten der Herde hatten einen Kreis um Ghazalia gebildet, und die warmen Pferdeleiber, scharrenden Hufe und schnaubenden Nüstern verbreiteten eine beruhigende Atmosphäre. Ghazalia fühlte sich sicher und geborgen. In weiten Kreisen zog der Hengst um die Herde, aufmerksam und bereit, jede drohende Gefahr von den Stuten abzulenken oder sie im Notfall mit Hufen und Zähnen zu verteidigen.

Als am Morgen die Nacht der gleißenden Sonne weichen mußte, ertönte ein quietschendes, empörtes Fohlengewieher, wie es El Immohagh noch nicht in seiner Herde gehört hatte. Sein Sohn war geboren worden. Ghazalia war gleich wieder auf den Beinen und beugte sich besorgt schnaubend über das dunkle, zappelnde Etwas auf dem sandigen Boden. Mit dem Instinkt des Wildpferdes versuchte der kleine Hengst sofort aufzustehen, was ihm erstaunlich schnell gelang. Mit noch feuchtem Fell stakste er, die kleinen Nüstern vor Anstrengung geweitet, auf seine Mutter zu, um gleich darauf gierig zu trinken. Nach der ersten Mahlzeit seines Lebens quiekte er, warf das Fohlenköpfchen energisch in die Luft und begann unbeholfen, einige Schritte um die weiße Stute herumzuhopsen. Schließlich wurde er doch von Müdigkeit übermannt, die langen Fohlenbeine knickten unter ihm ein, und schon schlief der kleine Schwarze.

Als er wieder erwachte, wurde die Herde ungeduldig; die Leitstute wieherte befehlend, und die Pferde zogen weiter. Der kleine Hengst hielt tapfer Schritt. Die Wüste verlangte bereits in den ersten Lebensstunden eines jeden Pferdes alles, was es zu geben hatte: Mut, Überlebenswillen, Kraft und Ausdauer. Hatte ein Tier diese Eigenschaften nicht, wurde es von der Natur ausgesondert. Es brach früher oder später zusammen, während die Herde unerbittlich weiterzog. Die Stuten blieben bei den Fohlen, bis sie vor Entkräftung starben, um sich dann wieder den anderen Pferden anzuschließen. Auch alte oder kranke Tiere, die nicht mehr Schritt halten konnten, wurden zurückgelassen, bis sie verendeten oder Opfer eines Silberlöwen wurden. So grausam es klingen mag, war es doch der einzige Weg für die anderen Wildpferde, um selbst zu überleben.

Der kleine schwarze Hengst war kräftig. In ihm waren die Eigenschaften der beiden besten Pferde der Herde vereint: die Kraft und Wildheit des Hengstes sowie die Klugheit und Ausdauer Ghazalias.

Im folgenden Jahr lehrte ihn die Stute alles, was der Kleine vom Wüstenleben wissen mußte. Er war eines der ausdauerndsten Fohlen, die je in dieser Herde gelebt hatten. Im Alter von sechs Monaten war er bereits so schnell, daß er mit den Jährlingen Schritt halten konnte. Ghazalia mußte ihren Sohn oft zur Ordnung mahnen, da er einer der Wildesten war. Übermütig balgte er sich mit seinesgleichen und biß und schlug um sich, wenn ältere Fohlen ihn pufften und neckend zwickten. Spielerisch zertrat er Skorpione, wenn er ihrer habhaft wurde. Er versuchte seinen Vater nachzuahmen und lief ihm überallhin nach, was dem Vater zuweilen recht lästig wurde.

Ghazalia aber wurde unruhiger und nervöser, je älter und kräftiger der Kleine wurde. Immer häufiger sonderte sie sich von der Herde ab und ging ziellos in die Wüste, bis der große, goldfarbene Leithengst sie zurückholte. Er ahnte, was die Weiße von der Herde fortlockte. Er führte die Pferde immer näher zum Hamada-el-Homra-Massiv, bis er eines Morgens der alten schwarzen Leitstute zu verstehen gab, hier zu lagern. Dann galoppierte er donnernd auf ein Felsplateau, stieg steil und wieherte Ghazalia zu. Sie spitzte die Ohren, verstand und antwortete. Das schwarze Fohlen folgte seinen Eltern, als diese Seite an Seite nach Norden zu galoppieren begannen.

Mit dem Fohlen dauerte der Weg durch die Wüste länger, und die Sonne brannte erbarmungslos auf die Rücken der drei Wildpferde, ehe sie endlich Sandras und Romans Haus erreichten.

Das Anwesen lag wie ausgestorben in der brütenden Hitze da. Nur Samha, Fathia und El Titan, die drei Araberpferde, standen mit hängenden Köpfen dösend auf der Koppel, zusammengedrängt im Schatten der vier

Palmen. Zielstrebig trabte Ghazalia auf das Haus zu. Der kleine Hengst an ihrer Seite zögerte, der ihm fremde Geruch der Menschen ließ seine Schritte stockend werden. Immer wieder wandte er den Kopf zu seinem Vater, der wartend zurückblieb. Das auffordernde Wiehern seiner Mutter ließ ihn jedoch aufholen und folgsam neben ihr hertraben.

Nachdem Ghazalia sich vergewissert hatte, daß kein Mensch in der Nähe war, stürmte sie, nicht mehr auf das Fohlen achtend, auf die Koppel zu. Sie begann Sandra zu rufen, doch sie brauchte es nicht oft zu tun.

Schon flog die Tür des Hauses auf, und Sandra lief mit glänzenden Augen heraus. Auf dem Arm hielt sie ein schwarzhaariges Baby, ein kleines Mädchen, das ihr wie aus dem Gesicht geschnitten war. „Ghazalia, Ghazalia! Daß du wieder da bist!" rief die junge Frau und streckte die Hand nach der Stute aus. Für einen kurzen Augenblick kam das in Freiheit lebende Wildpferd in Ghazalia durch, und sie wich vor Sandra zurück. Enttäuscht ließ die den Arm sinken und sagte leise: „Komm, mein Pferd, komm her, ich werde dich nicht einfangen. Ich will dich doch nur begrüßen, dein seidiges Fell spüren!"

Da schnellten die Ohren des Pferdes ruckartig nach vorn, es trat näher zu der jungen Frau, die seine einzige Freundin unter den Menschen gewesen war, und ließ sich liebkosen und bewundern. Die Stute schnaubte in Sandras langes Haar, das kleine Mädchen auf ihrem Arm sah mit großen, blauen Augen auf das Pferd und grapschte nach ihm. Ghazalia ließ sich das unbeholfene Streicheln gefallen; Sandras Kehle wurde eng, stumm sah sie zu.

Plötzlich bemerkte sie Ghazalias Fohlen. Bewundernd und tief bewegt betrachtete sie den Kleinen. „Was für ein prächtiger kleiner Hengst er ist!"

Als das Fohlen sich neugierig näherte und vorsichtig an Sandras Hosen zu schnuppern begann, stellte sie fest: „Na, kleiner Wilder, siehst du, ich tue dir nichts. Du und dein Vater da drüben", sie deutete in die Ferne, wo El Immohagh unbeweglich auf dem gleichen Platz wartete, auf dem er gestanden war, als Sandra ihre Stute freigelassen hatte, „habt erreicht, daß ich mein Pferd an die Wüste verloren habe. Ich will dich Kismet nennen. Das heißt Schicksal, und es war Ghazalias Schicksal, daß sie in der Heimat ihres Vaters und aller arabischen Pferde die Freiheit erhielt!" Zu Ghazalia gewandt fügte sie hinzu: „Dein Sohn wird schnell und stark werden wie sein Vater, aber vielleicht wird sein Fell später einmal ebenso silberweiß glänzen wie deines. Wie schön du bist! Ich glaube, du warst in deinem Leben nie schöner als jetzt. Vielleicht scheint es mir nur so, weil ich deinen Anblick nicht mehr gewohnt bin. Vielleicht aber hat das Leben in der Wüste aus dir die schönste Stute gemacht, die ich je gesehen habe." Sie streichelte Ghazalia sanft.

Als El Immohagh laut und fordernd wieherte, begann die Stute unruhig zu werden; sie verstand, daß er zum Aufbruch mahnte. Der kleine Kismet hatte bereits einige

Sprünge in Richtung des Hengstes getan; er kam aber zurück, als Ghazalia keine Anstalten machte, Abschied von ihrer Freundin zu nehmen. Sie legte den Kopf auf Sandras Schulter, wie sie es früher so oft getan hatte, schnaubte ganz leise an ihrem Ohr und berührte kurz ihre Wange mit den Nüstern.

Sandra flüsterte ihr zu: „Männer sind ungeduldig, er sorgt sich eben um seine Familie. Es ist erstaunlich, daß er so nahe an eine menschliche Behausung herankommt und so lange bleibt. Jetzt lauf wieder in die Wüste mit ihm, die Herde ist sonst zu lange allein. Ich bitte dich, wenn du mich verstehst, daß du von Zeit zu Zeit herkommst. Auch wenn ich wieder nach Deutschland gehe, werde ich jedes Jahr zu der Zeit, da du die Freiheit gewählt hast, hier auf dich warten. Ich verspreche dir, nie zu versuchen, dich wieder einzufangen. Ich möchte dich nur manchmal wiedersehen, um zu wissen, wie es dir geht. Ich weiß nicht, ob du mich verstanden hast, aber ich habe nie zu dir gesagt: ‚Du bist ja nur ein Pferd!' Ich hatte immer das Gefühl, daß du genau wußtest, was ich meinte, wenn ich mit dir sprach!" Sie fuhr mit der Hand über die silberne Mähne der Stute. „Jetzt geh. Ich werde dich vermissen, nie wieder wird es in meinem Leben diese geheimnisvolle Beziehung zu einem Pferd geben, wie sie zwischen dir und mir besteht. Dein Vertrauen und deine Liebe waren ein einmaliges Geschenk, und die Zeit, die wir zusammen gelebt haben, wird für mich immer Gegenwart bleiben."

Ghazalia wandte sich langsam um. Sie ging ein paar Schritte, blieb noch einmal stehen und blickte zurück. Sandra stand da und hob den Arm wie zum Gruß. Das weiße Pferd blickte sie an und wieherte hell. Dann galoppierte Ghazalia davon, in die Freiheit, zu dem Hengst, der auf sie wartete, sein Fohlen an ihrer Seite.